Cornelia Franz
Poolparty

Cornelia Franz

POOL PARTY

Roman

Deutscher Taschenbuch Verlag

Das gesamte lieferbare Programm von dtv junior
und viele andere Informationen finden sich unter
www.dtvjunior.de

MIX
Papier aus verantwortungsvollen Quellen
FSC® C013736
FSC
www.fsc.org

Originalausgabe

Umschlagkonzept: Balk und Brumshagen
Umschlagbild und -gestaltung: buxdesign und Carla Nagel unter
Verwendung eines Fotos von plainpicture/Cultura
Lektorat: Dorothee Dengel
Gesetzt aus der Garamond 11,5/14,75˙
Satz: Fotosatz Amann, Memmingen
Druck und Bindung: Kösel, Krugzell
Gedruckt auf säurefreiem, chlorfrei gebleichtem Papier
Printed in Germany · ISBN 978-3-423-74009-8

Warum meldet er sich nicht? Was ist passiert? Ich laufe meine Runde, bis mir der Atem wegbleibt, meine Nikes hämmern ihren Rhythmus auf den ausgetrockneten Feldweg, ich erhöhe die Frequenz meiner Schritte – aber mein Kopf lässt sich nicht abschalten. Seit Tagen drehen sich meine Gedanken im Kreis. Warum ruft er mich nicht an oder schickt mir eine SMS? Warum stellt er sich tot? Ich will es nicht glauben, dass er mich einfach so abgeschoben hat. Nicht er.

Natürlich habe ich versucht, seine Facebookseite zu öffnen, um zu sehen, ob er irgendwas geschrieben hat. Aber ich finde ihn nicht. Vielleicht hat er sich unter einem anderen Namen registriert. Oder aber er muss die Seite gelöscht haben. Er … oder jemand anders. Jemand, der nicht will, dass ich eine Spur von ihm finde.

Am Anfang habe ich gedacht, er ist einer, dem man nicht trauen kann. Einer, der einen hinhält, weil er zu feige ist, sich wirklich auf ein Mädchen einzulassen. Aber an diesem letzten Tag bei ihm zu Hause, auf dem zerwühlten Laken in seinem Zimmer, sind wir uns für einen Moment so nahe gewesen, dass alle Zweifel nicht mehr zählten. »Ich liebe dich, Lara«, hat er gesagt, »ich liebe dich. Das wird so bleiben, auch wenn alles zusammenbricht.« Er klang schwer und düster, als hätte er vor irgendetwas Angst.

Jetzt sind die quälenden Fragen wieder da. Wer ist dieser Junge, in den ich mich verliebt habe? Manchmal glaube ich, ihn zu kennen wie niemanden sonst auf der Welt. Und dann ist er plötzlich ein Fremder für mich.

Ich halte dieses Warten nicht aus. Ich sollte noch einmal zu ihm fahren, um mir Gewissheit zu verschaffen. Aber ich habe Angst. Angst davor, abgewiesen zu werden, ihm nachzulaufen, um ihn dann doch zu verlieren. Und noch viel mehr davor, etwas herauszufinden, das ich nicht wissen soll. Etwas, das ich nicht wissen will. Etwas Böses.

***

Wir fliegen, steigen höher und höher. Ich sehe die Stadt unter mir, die Häuser, die Straßen, auf denen sich die Autos wie Ameisen bewegen. Mit einem Finger könnte man sie zerdrücken. Der Fluss zieht sich wie ein silbernes Band bis zum Horizont. Irgendwo dort unten ist unser Haus, das immer kleiner und unwichtiger wird.

Ich presse die Stirn ans Fenster und starre hinaus, bis nichts mehr zu sehen ist. Eine dicke weiße Wolkendecke hat alles verschluckt, alles zugedeckt. Die Welt dort unten existiert nicht mehr.

»Der Süden wird dir guttun«, sagt meine Mutter und legt ihre Hand auf meine. »Du hast eiskalte Finger.«

Ich schrecke vor ihrer Berührung zurück. Nicht nur meine Hand ist kalt, auch mein Inneres ist eisig, daran wird die Sonne im Süden nichts ändern.

»Wir haben unsere Flughöhe erreicht«, sagt der Pilot

über Lautsprecher. Doch der Druck in meinen Ohren lässt nicht nach und mein Kopf wird gleich zerspringen. Ich schaue aus dem Fenster auf die Wolkendecke. Sie ist so weiß, viel zu hell und leuchtend. Es brennt in meinen Augen, doch ich fürchte mich davor, die Lider zu schließen. Ich habe Angst vor der Dunkelheit.

Meine Mutter hämmert ohne Unterlass in ihren Laptop. Ich bin ihr ausgeliefert in diesem engen Sitz, eingesperrt zwischen ihr und dem Fenster. Ausgeliefert eingesperrt ausgeliefert eingesperrt ausgeliefert eingesperrt. Das Klackern hackt mir die Worte ins Hirn. Ausgeliefert eingesperrt ausgeliefert eingesperrt. Ich will schreien. Aber ich weiß, dass es nicht hilft.

***

Komm zurück, verdammt noch mal, schließ die Tür auf. Lass mich raus. Ich will nicht sterben. Nicht jetzt und nicht hier, in diesem Keller. Es ist kalt, aber in mir brennt es. So ist es nachts in der Wüste, Bruder, du erfrierst und du verdurstest. Warst du mal in Afrika? Es soll schön dort sein. Ich war noch nie da. Ich war nie irgendwo, nicht wirklich. Ich will so gerne leben, nur ein paar Jahre noch, vielleicht bis ich zwanzig bin oder fünfundzwanzig, egal, nur noch ein bisschen leben, Mann. Es hat doch gerade erst angefangen.

Wie lange ist es her, dass ich den Rest Wasser getrunken habe, der in der Flasche gewesen ist? Wie lange kann man überleben, ohne zu trinken?

Die Tür geht nicht auf, das weiß ich genau. Aber meine Seele hat Flügel, sie lässt sich nicht festhalten. Sie schafft diese Mauern und die Stahltür, als wären sie Luft. Sie fliegt zur Elbe und dreht ihre Runden über dem grauen Wasser. Sie will den Fluss hinunter und immer weiter, doch ich ruf sie zurück in dieses dunkle Loch und noch gehorcht sie mir. Sie hat das Geschrei der Möwen mitgebracht, die Geräusche des Hafens und den Geruch des frisch gemähten Rasens. Heute muss Freitag sein, Marcel ist mit dem Mäher durch den Garten getuckert. Er braucht lange, über eine Stunde, aber er kann dabei zuschauen, wie die Schiffe auf der Elbe vorbeiziehen. Containerschiffe und Segelboote und schneeweiße Jachten. Meine Seele erzählt mir vom Leben da draußen. Ich will nicht sterben, flüstere ich ihr zu, noch nicht …

Lara saß auf dem Rasen in einem Liegestuhl und nippte an ihrem Sektglas. Auf dem Wasser des Pools glitzerten die Strahlen der tief stehenden Sonne und der leichte Chlorgeruch des Pools mischte sich mit dem Duft der Rosen, die an der Wand der Villa hochrankten. Wenn sie den Kopf drehte, konnte sie die Elbe erkennen. Es war unglaublich schön hier – und sie langweilte sich wie selten auf einer Party.

Sie schloss die Augen. Die Wärme der Abendsonne, die stampfenden Beats aus den Lautsprechern, der Sekt, den sie auf ziemlich leeren Magen getrunken hatte, das alles lullte sie ein und machte sie schläfrig. Wie spät mochte es sein? Diese Sommertage waren so lang, dass man glauben konnte, die Sonne würde niemals mehr untergehen. Wahrscheinlich würde es noch Stunden dauern, bis sie Melanie überreden konnte, nach Hause zu fahren.

Ihr war es noch nie leichtgefallen, auf einer Feier Anschluss zu finden. Sie war nicht der Typ, der auf wildfremde Leute zuging. Und einfach zur Musik draufloszutanzen, so wie einige der Mädchen auf der Terrasse, brachte sie im halbwegs nüchternen Zustand auch nicht fertig. Noch dazu, wo es taghell war. Wenn sie das Gefühl hatte, beobachtet zu werden, lief gar nichts.

Aus dem Stimmengewirr um sie herum hörte sie Melanie laut auflachen. Na, jedenfalls die schien sich zu amüsieren. Sie seufzte. Melanie hatte sie auf diese Party geschleppt, auf der sie niemanden kannte, und nicht einmal Melanie kannte sie wirklich. Die hatte nur jemanden gesucht, der sie mit dem Auto kutschieren konnte.

Seitdem sie achtzehn war und den Wagen ihrer Eltern benutzen durfte, war sie zu einem der gefragtesten Mädchen der Schule geworden. Jedenfalls bei denen, die keine Lust hatten, nach einer Feier noch mit dem Nachtbus nach Hause zu fahren. Manchmal quetschten sich fünf Leute auf die Rückbank, die sich die ganze Fahrt über irgendwas halb totlachten. Und sie selbst musste sich konzentrieren, um nicht in der nächsten Kurve gegen einen Baum zu krachen. In dem halben Jahr, in dem sie jetzt in Hamburg wohnte, hatte sie es schon hundertmal verflucht, dass ihre Eltern an den Stadtrand gezogen waren, wo es keine anständigen Kneipen und Läden, keine Clubs und nicht mal einen S-Bahn-Anschluss gab. Eigentlich konnte sie Melanie nicht böse sein, dass sie sich gestern nach der Schule an sie rangeschleimt hatte, um sie zu der Party zu überreden. Es war doch klar, dass jeder versuchte, irgendwie der Barsbüttler Einöde zu entfliehen.

Aber hier, in diese Villa an der Elbchaussee, wo alle so obercool waren, passte die aufgedrehte Melanie ganz bestimmt nicht hin, genauso wenig wie sie selbst. Irgendwie merkte man es den Leuten an, dass sie Geld hatten, oder nicht? Die Mädchen sahen alle aus wie Topmodels und benahmen sich auch so, und die Jungs hielten sich für die Größten. Melanie merkte nicht einmal, was für eine Nullnummer dieser Erik war, der sie zu der Party eingeladen hatte. Sie platzte fast vor Stolz, weil er ihr letztes Wochenende in einem schummerigen Club an die Wäsche gegangen war.

Lara kämpfte gegen eine leichte Übelkeit an. Sie hatte

zu schnell und zu viel getrunken, um ihre Unsicherheit nicht spüren zu müssen. Wenn das so weiterging, war sie sowieso nicht mehr in der Lage, Auto zu fahren. Warum sprang eigentlich niemand mal in den Pool? Dann würde sie sich auch trauen. Irgendetwas musste an diesem Abend einfach noch passieren …

***

Cap hatte sich den Wecker auf ein Uhr nachts gestellt, so wie er es manchmal machte, wenn er in einen der Clubs auf St. Pauli wollte, in die man erst ab zwei Uhr morgens ging. Aber das war überflüssig gewesen. An diesem Samstagabend hatte er eh nicht schlafen können. Er lag auf seiner Bettcouch, hörte Musik, trank ein paar Bier und war hellwach. Die Stadt machte ihn unruhig, das Dröhnen der Lastwagen auf den Elbbrücken, die Geräusche des Hafens, die der Westwind mit sich brachte, die Betrunkenen unten am Kiosk … Egal, wie sehr er die Kopfhörer aufdrehte – er wusste, dass außerhalb seines Zimmers das Leben weiterging. Sein Fenster war geöffnet und die Sommerluft, die hier im Viertel nach Abgasen, Döner und brackigem Elbwasser roch, strömte ins Zimmer. Am liebsten hätte er die Uhr vorgestellt, sich in den Club gebeamt, auf die Tanzfläche, wo ihm die Musik das Denken aus dem Kopf hämmerte.

Benutz deinen Kopf, Cap, streng dich mehr an. Du bist klug, Cap. Du könntest es weit bringen, Cap. Du könntest … Bestimmt zehnmal am Tag bekam er das zu hören.

Klar, er könnte alles, wenn er wollte. Aber auch seine Mutter war clever. Sie hatte mal einen IQ-Test in der Zeitung ausgefüllt und sich quasi als Genie geoutet. Trotzdem stand sie Tag für Tag in hässlichen Gesundheitssandalen in der Kantine der Grundschule und ließ sich von rotznasigen Viertklässlern rumkommandieren.

Er sprang auf und schloss das Fenster. Entschlossen zog er ein T-Shirt aus dem Korb mit der frischen Wäsche, der neben dem Schrank stand, angelte seine Chucks unter dem Bett hervor und ging in den Flur. In der Küche hörte er seine Mutter eines ihrer afrikanischen Lieder vor sich hin singen. »Ciao, Mam, ich geh los!«, rief er ihr zu und schon lief er die Treppen hinunter, zu ungeduldig, um auf den Fahrstuhl zu warten, der sowieso meistens nicht funktionierte.

Auf dem Weg zur S-Bahn passte er auf, dass er nicht in den Dreck der Straßen trat, die Hundescheiße, die zerfetzten Pappkartons mit Junkfood, die Pfützen aus Bier oder Pisse, die klebrigen Kaugummis. Er hatte eine ziemlich gute Technik entwickelt, nicht hinzuschauen und trotzdem dem Zeug auszuweichen. Er bewegte sich wie ein Tänzer, leicht und elegant, obwohl er es an Kraft mit jedem aus dem Block aufnehmen konnte.

Um halb neun saß er in der Bahn, die Kopfhörer immer noch auf den Ohren, ohne zu wissen, wohin die Fahrt gehen sollte. Für St. Pauli war es zu früh, da waren um diese Zeit nur Touristen, ältere Ehepaare und Kids aus Pinneberg unterwegs. Er trommelte mit den Fingern den Rhythmus mit, die Daumen in den gefakten Gucci-Gürtel gehakt, den er für fünfzehn Euro auf dem Flohmarkt gekauft hatte. Im Spiegel der Fensterscheibe überprüfte er sein Aussehen, die kurzen, dunkelbraunen Haare, die vollen Lippen, die bronzefarbene Haut, um die ihn all die pickeligen blassen Jungs beneideten. Ja, er sah gut aus, kein Zweifel, und das hatte nichts mit Überheblichkeit zu tun, das war eine Tatsache.

Entspannt ließ er den Kopf gegen die Rückenlehne sinken und schloss die Augen. Trotzdem bekam er mit, wie die Bahn von Station zu Station voller wurde. Als er die Augen wieder öffnete, war er bereits am Dammtorbahnhof vorbei und hatte sich noch immer nicht entschieden, wo er aussteigen sollte. In seinem Blickfeld saßen drei Typen, ungefähr in seinem Alter. Sie tranken Bier und scherten sich nicht darum, dass das in der S-Bahn verboten war. Sie waren gut und teuer gekleidet und hatten das selbstsichere Auftreten von Jungs, die auf der richtigen Seite der Stadt geboren waren. Einer von ihnen, der größte und blondeste, trug einen Gürtel wie Cap, nur war der sicherlich kein Fake vom Flohmarkt.

Irgendetwas hatten die drei vor. Sie wirkten nicht wie Jungs, die sich ziellos durch die Stadt treiben ließen. Cap nahm die Kopfhörer ab und versuchte, ihr Gespräch mitzubekommen. Klar, es ging um eine Party, eine Hausparty, irgendwo an der Elbchaussee. Der große Blonde, der Robert hieß, war offenbar schon mal eingeladen gewesen. Für die anderen beiden dagegen schien es ein großes Ding zu sein, auf die Party zu kommen. »Valentin hat Türsteher, die sind bewaffnet, da hat keiner eine Chance, der nicht eingeladen ist«, meinte der Blonde großspurig. Er versuchte, so cool wie möglich zu wirken. Aber er dunstete es aus allen Poren aus, dass er stolz war, zu den Insidern zu gehören.

Als die Typen in eine andere Bahn umstiegen, folgte er ihnen, ohne zu wissen, warum. Er setzte sich so, dass sie ihn nicht sehen konnten, aber er ließ sie nicht aus den Augen. Ihre aufgedrehten Stimmen drangen zu ihm durch und für einen Moment wünschte er, zu ihnen zu gehören. Fast alle Jungs in seinem Alter waren in der Clique unterwegs, aber er war eigentlich gerne alleine, wenn er abends loszog. Dann konnte er selbst entscheiden, wo es langging. Irgendwo traf er meistens Leute, die er kannte, zumindest in den Clubs auf St. Pauli. Weil er noch nicht achtzehn war, hatte er ein paar ganz gute Tricks drauf, im Windschatten von Älteren den Ausweiskontrollen zu entgehen.

Laut und wichtig telefonierte dieser Robert mit irgendwelchen Leuten, die offenbar auch zu der Party wollten. »Keine Ahnung, welche Hausnummer das ist, Freddy«, hörte Cap ihn sagen. »Aber du wirst es schon erkennen, es werden genug Leute davorstehen. Du bist doch auf der Gästeliste, oder?«

Ein paar Stationen weiter stiegen die drei aus und er blieb an ihnen dran. Sie liefen durch eine ruhige Villengegend, vorbei an Vorgärten, in denen die Rhododendren blühten. Der Himmel war noch hell, ein milder Sommerabend, es roch satt und grün nach frisch gemähtem Rasen. Auf dem verdorrten Viereck zwischen den Blocks, in denen er wohnte, saßen jetzt die Menschen vor ihren Grills, hörten Musik aus übersteuerten Anlagen, lachten und palaverten und stritten sich. Hier dagegen war es ruhig wie auf dem Ohlsdorfer Friedhof, wahrscheinlich war Grillen nicht angesagt in den Gärten im Hamburger Westen. Wo waren die Leute jetzt, die in diesen Villen wohnten? Die Gegend wirkte wie ausgestorben, wenn man von den Vögeln absah, die in den Bäumen zwitscherten.

Selbst die drei Jungs gaben auf dem Weg durch den Villenvorort ihr Getue auf und wurden ruhiger. Er hielt sich auf Abstand, ab und zu verlor er sie aus den Augen. Aber er wusste ja, welches Ziel sie hatten. Die Elbchaussee, Hamburgs teuerste Straße, wo all die Leute wohnten, die es richtig dicke hatten.

Er war siebzehn. Sein ganzes Leben hatte er in der Stadt gelebt, aber an der Elbchaussee war er noch nie gewesen. Er kannte die schmutzig graue Elbe, die die Veddel umspülte, und natürlich den Hafen und die Landungsbrücken. Ein paarmal war er auch mit Freunden stromaufwärts baden gewesen. Doch die Gegend um das feine Blankenese herum war von seinem Leben so weit entfernt wie das Land, in dem seine Mutter aufgewachsen war.

Auf den letzten hundert Metern sah er die drei nicht mehr. Aber Robert hatte recht gehabt: Das Haus, in dem die Party stattfand, war nicht zu übersehen. Die Villa war zwar hinter einer hohen Hecke versteckt, doch vor dem Tor stand ein Grüppchen Leute herum – ganz offensichtlich diejenigen, die von der Party gehört hatten, aber nicht eingeladen waren.

Er schlenderte näher und konnte gerade noch sehen, wie die Jungs aus der S-Bahn unter den neidischen Blicken der Wartenden von den Türstehern in den Vorgarten gelassen wurden. Ob die beiden Männer in den schwarzen Anzügen tatsächlich Waffen trugen? Keine Ahnung, vielleicht war das hier so üblich … Oder dieser Valentin hatte seine Party dämlicherweise auf Facebook angekündigt, und jetzt hatten die Eltern Angst, dass gleich die Heuschrecken über das Haus herfielen.

Aus dem Garten drang Gelächter auf die Straße. Von der Elbe her kam das tiefe Tuten eines Schiffes, fast wie ein Willkommensgruß. Plötzlich wurde er kribbelig. Er wollte auf diese Party und er würde es schaffen. Er würde es all denen zeigen, die kichernd und neugierig vor der Tür standen und nicht cool genug waren, um hineingelassen zu werden. Er, Cap – Gabriel Wisdom Amoah, um genau zu sein – würde in diese Villa reinkommen. Und er wusste auch schon, wie.

Mit schnellen Schritten ging er an den Wartenden vorbei, stellte sich vor einen der breitschultrigen Türsteher und sah ihm, ohne mit der Wimper zu zucken, ins Gesicht. »Ich stehe auf der Gästeliste«, sagte er, »Freddy.« Der Typ warf einen Blick auf den Zettel, den er an einem Klemmordner befestigt hatte, und Caps Herz klopfte einen Schlag schneller. Dann nickte der Mann ihm zu und trat zur Seite. Er spürte die Blicke der anderen im Rücken und grinste. Tja, Leute, ist doch ganz einfach, die Sache.

Langsam und lässig gehen, Cap, cool bleiben und ja nicht neugierig in der Gegend rumgucken. Warum auch?

Er war ja schon x-mal hier gewesen. Diese weiße Villa mit den großen Fenstern, die bis zum Boden gingen, war ja quasi sein zweites Zuhause, oder nicht? Valentin und er, sie hingen oft genug in dessen Zimmer ab oder chillten auf der Veranda, wo ihnen das Dienstmädchen eiskalte Drinks servierte. Als er auf dem Kiesweg am Haus vorbei in den hinteren Teil des Gartens ging, auf die Musik und das Gelächter zu, strafften sich seine Schultern. Ja, er gehörte hierher, so gut wie jeder andere.

Neben der Terrasse, die die Ausmaße eines halben Handballfelds hatte, blieb er stehen. Mann, das hier war mehr ein Park als ein Garten. Alles voller Blumen und blühender Büsche; die Hecken sahen aus, als hätte sie jemand mit dem Rasierer in Form gestutzt. Das Beste war der Pool, um den rund vierzig, fünfzig Leute versammelt waren. Sie standen herum, tranken Bier, rauchten und wippten im Takt der Musik. Einige saßen in kurzen Hosen am Beckenrand und ließen die Beine ins Wasser baumeln. Baden tat niemand, aber manche Mädchen hatten nur Shorts und Bikinioberteil an. Auch im hinteren Teil des Parks waren Leute zu sehen, die ganz gechillt auf Liegen lagen und auf die Elbe hinunterschauten.

Cap nahm sich einen Cocktail von einem der Stehtische, trank ihn in einem Zug aus und sah sich um. Wer von all den Typen hier mochte Valentin sein? Vielleicht der mit den rötlichen Haaren, der gerade die drei Jungs aus der S-Bahn begrüßte. Oder der genial gut aussehende Schwarzhaarige, der in jedem Arm ein Mädchen hatte und ziemlich großspurig tat? Er hatte ein weißes Oberhemd an, das er offen trug, sodass seine durchtrainierten Bauchmuskeln zu sehen waren. Jetzt lachte er dröhnend und eins der Mädchen kicherte. Die andere, die Cap auf den ersten Blick zehnmal besser gefiel, lächelte so gequält, als wenn sie den Typen am liebsten getreten hätte.

***

»Was machst du denn für ein Gesicht? Langweilst du dich? Wir könnten auch noch in die Stadt fahren.« Eriks Atem, der nach Bier roch, stieg Lara in die Nase und sie drehte den Kopf weg. Er hatte die Arme um sie und Melanie gelegt und drückte sie eindeutig zu eng an sich.

»Nicht nötig«, sagte sie. »Es würde reichen, wenn du mal deinen Arm da wegnimmst.«

»Was ist los mit dir?« Erik sah sie geradezu ungläubig an. Wahrscheinlich war er es nicht gewohnt, dass ihn ein Mädchen abservierte.

Ja, was war eigentlich los mit ihr? Vielleicht war die Sache ganz einfach: Sie hatte nicht auf diese Party gewollt, genauso wenig, wie sie in diese Stadt hatte ziehen wollen, weg von ihrer alten Schule, ihren Freundinnen, ihrer Clique. Aber ihre Meinung hatte nicht das geringste Gewicht gehabt. Ihre Eltern hatten sie ein Jahr vor dem Abi gezwungen, mit ihnen in dieses grässliche Barsbüttel zu ziehen, nur weil ihre Mutter in eine andere Filiale ihrer Firma versetzt worden war. Sie war einsam, so einfach war das. Und hier, inmitten all dieser Lackaffen, würde sich das anscheinend auch nicht ändern.

Erik wartete nicht auf eine Antwort, sondern redete weiter. »Ist deine Freundin immer so schweigsam?«, fragte er Melanie. »Stille Wasser sind tief, oder?«

»Würde ich mich nicht drauf verlassen.« Melanie gackerte wieder los und Lara verdrehte die Augen. Sie hob die Flasche Sekt, an die sie sich nun schon seit einer halben Stunde klammerte, und nahm einen langen Zug. Nüchtern war das hier wirklich nicht zu ertragen. Wenn doch nur mal endlich jemand den Pool benutzen würde. Wieso standen eigentlich alle bei dem warmen Wetter nur rum wie die Rentner, anstatt zu baden? Warteten die vielleicht auf diesen Valentin, damit der den Anfang machte? Sie sah sehnsüchtig zum Pool hinüber. Ihr Blick begegnete dem eines Jungen, der ein paar Meter von ihr entfernt stand und sie unverhohlen anstarrte. Er hatte etwas Selbstbewusstes an sich, fast Unverschämtes, das ihr unter die Haut ging. Ihr Herz schlug plötzlich schneller und verwirrt wandte sie den Blick ab. Das war doch sicher nicht Valentin, oder?

***

Wenn es um Frauen ging, war Caps zur Schau getragene Coolness fast so ein Fake wie sein Gucci-Gürtel. All die Storys, die er montagmorgens auf dem Schulhof erzählte, hatten wenig mit der Realität zu tun. Die paarmal, wo mit Mädchen wirklich was gelaufen war, waren im Grunde nicht der Rede wert gewesen. Aber in der euphorischen Stimmung, in die ihn das Entern der Party versetzt hatte, vergaß er seine Zurückhaltung. Diese Braunhaarige da drüben in dem kurzen, engen Kleid gefiel ihm. Hatte sie was mit diesem Schönling laufen? Vielleicht … aber wenn, dann war es Zeit, das zu ändern. Als er sah, dass sie seinen Blick erwiderte, eine halbe Sekunde länger als nötig, um dann schnell woanders hinzuschauen, reagierte er, ohne lange nachzudenken. Er ging auf sie zu, nahm sie bei der Hand und zog sie von dem Affen weg, der sie umklammert hatte.

»Lass sie in Ruhe, Mann«, warf er ihm über die Schulter zu.

Das Mädchen machte immer noch ein genervtes Gesicht. »Danke«, meinte sie, »aber ich kann eigentlich selbst auf mich aufpassen.«

»Klar. Sorry.« Er ließ ihre Hand los, wobei ihm auffiel, wie kurz geschnitten ihre Fingernägel waren – auch das fand er irgendwie sexy. Er mochte es nicht, von Mädchen angefasst zu werden, die rot lackierte Krallen hatten.

»Erik hält sich anscheinend für unwiderstehlich«, sagte sie jetzt ein wenig versöhnlicher.

»Und, ist er das?«

»Bestimmt nicht«, antwortete sie. »Wer ist das schon?« Sie ließ ihren Blick über die Villa und den Pool schweifen. »Vielleicht, wenn einem das hier alles gehört …« Jetzt lachte sie spöttisch.

Er musterte sie. »Beeindruckt dich das?«

Sie zuckte lässig mit den Schultern und antwortete nicht. Aber ihr Blick streifte sein Handgelenk und die Pirelli-Uhr, die er trug. Das heißt, die Flohmarktversion, die ziemlich echt aussah.

Jetzt kam dieser Erik auf sie zugesteuert, mit einem Siegergrinsen im Gesicht. Er strich sich durch die schwarzen gegelten Haare. Cap holte tief Luft. Mann, dieser Schönling war eine einzige Provokation. Wahrscheinlich bestand seine größte Sorge darin zu entscheiden, ob er Banker oder Unterwäschemodel werden sollte.

»Hi.« Der Typ schlug ihm auf die Schulter. »Was geht ab?«

Cap zog die Augenbrauen zusammen. »Nichts«, antwortete er.

»Ach, wirklich nichts? Das sieht aber anders aus, finde ich.«

»Was geht dich das denn an, Mann!« Er funkelte ihn an. »Willst du Ärger?«

»Okay, Jungs ... viel Spaß noch.« Das Mädchen streifte sie beide mit einem genervten Blick, warf die langen Haare zurück und ließ sie stehen.

Der Typ machte ein Gesicht, als müsste er überlegen, ob sie es wert war, ihr nachzugehen. »Lara. Bisschen langweilig für meinen Geschmack«, sagte er.

Lara hieß sie also ... schöner Name. Er passte zu ihr. Cap sah ihr nach, wie sie mit ihren Flipflops in der Hand in Richtung Terrasse verschwand.

»Kleine Abkühlung?«, hörte er Erik sagen, der gerade Jeans und Hemd auszog. Er ließ die Sachen auf den Rasen fallen, stand in Boxershorts da, wippte auf den Zehenspitzen und sprang so in den Pool, dass Cap von oben bis unten nachgespritzt wurde. Mit Geschrei machten einige andere es ihm nach.

Cap zögerte nur ein paar Sekunden, bevor er sich ebenfalls auszog und ins Wasser sprang. Das Becken war immerhin so groß, dass er einige Kraulzüge machen konnte, bevor er schnaubend neben Erik hochkam. Doch der beachtete ihn nicht weiter, sondern kitzelte eins der Mädchen, das sich kreischend wehrte. Cap sah sich nach Lara um, aber er konnte sie nicht entdecken. Und so schwamm er zum Beckenrand, legte die Arme auf die nassen Fliesen und ließ sich von der Musik berieseln. Mann, er war auf einer Poolparty an der Elbchaussee.

In das Lachen und Johlen hinein hörte er jemanden nach Valentin rufen. Es war Robert, der Blonde aus der S-Bahn, der am Kiesweg zum Vorgarten stand. »Hey, Valli, wo steckst du? Valentin Voigt! Die wollen Freddy nicht reinlassen!«

Freddy! Cap zuckte zusammen. Ob der Türsteher sich erinnerte, dass er sich als Freddy ausgegeben hatte? Waren außer ihm noch andere dunkelhäutige Jungs auf der Party? Er konnte niemanden erkennen, außer einem asiatisch aussehenden Typen, der eine ähnlich bronzefarbene Haut hatte wie er selbst. Er linste zu Robert hinüber und wartete darauf, dass dieser Valentin auftauchte. Doch Robert bekam von niemandem eine Antwort. Die Meute schwatzte und lachte und schrie durcheinander. Einige tanzten in sich versunken zu den Beats aus den Lautsprechern. Nein, niemand kümmerte sich um irgendetwas, nur der Türsteher sah sich immer noch suchend um.

Er tauchte wieder unter, schwamm zum anderen Ende des Pools, stemmte sich hoch und nahm seine Sachen vom

Boden. Das Letzte, was er wollte, war, vor allen Leuten gepackt und hinausgeworfen zu werden. Er musste aus der Schusslinie.

***

Valentin hatte die Rufe gehört, aber er reagierte nicht. Was wollten die eigentlich von ihm? Es interessiert ihn nicht im Geringsten, ob Freddy reingelassen wurde oder nicht. Freddy war ihm egal, Robert war ihm egal, eigentlich waren ihm alle egal. Die sollten sich da unten amüsieren, soviel sie wollten. Er hatte einfach keine Lust, jetzt in den Garten zu gehen und sich unter die Leute zu mischen, die ihm eh nur auf die Nerven gehen würden. Valentin hier, Valentin da, Valentin, kannst du mal eine Kiste Bier hinstellen, Valentin, tu dies, Valentin, tu das …

Diese ganze Veranstaltung war sowieso die Idee seiner Eltern gewesen. Eine Welcome-back-Party nach seinem Jahr in England. Socialising, Kontakte, Netzwerke … du wirst noch begreifen, wie wichtig das ist, Valentin … Zur Begrüßung der Gäste hatte sein Vater eine peinliche Rede gehalten und seine Mutter jedem höchstpersönlich die Hand geschüttelt. Als sein Vater ihm einen Klaps auf die Schuler gegeben und »nun amüsier dich mal« gesagt hatte, war ihm endgültig die Lust vergangen, hier den Entertainer zu spielen. Solange seine Eltern da waren, hatte er mit irgendwelchen Leuten Small Talk gemacht und von seiner Schule in Oxford erzählt. Aber nachdem sie endlich gegangen waren, hatte er sich auf sein Zimmer verdrückt.

Aus den Tiefen der Taschen seiner Baggypants zog er einen der Joints, den er sich schon am Nachmittag gedreht hatte, zündete ihn an und nahm ein paar hastige Züge. Er entspannte sich, rauchte den Joint zu Ende und holte den nächsten aus der Tasche. Während er am Fenster lehnte und nach unten schaute, inhalierte er tief.

Von hier aus sah die Party nach einer ziemlich coolen Sache aus. Die Leute standen nicht mehr steif herum wie bei dem Gequatsche seines Vaters, sondern schienen Spaß zu haben. Vielleicht ging er doch mal runter, nahm sich ein Bier und setzte sich an den Pool. Wenn er ein paar von den Flaschen aus der Hausbar holte, den Whisky und den Cognac, den sein Vater zum Fünfzigsten geschenkt bekommen hatte, würde das die Stimmung sicher noch ein bisschen heben. Das war teurer Stoff. Sein Alter würde sich richtig schön ärgern, wenn die Kids ihn austranken.

Valentin kicherte, nahm noch einen Zug und ließ sich aufs Bett fallen. Sein Vater war Alkoholiker, aber einer von der ganz feinen Sorte. Wenn er denn mal da war, verging kein Abend, an dem er nicht ein bis zwei edle Flaschen Rotwein wegsüffelte, die er, big Deal, eigenhändig aus dem Weinkeller geholt hatte. Und seine Mutter trank auch nicht gerade wenig. Aber als sie neulich mal das Gras auf seinem Schreibtisch entdeckt hatte, hatte sie einen Aufstand gemacht, als würde er Heroin spritzen. Klar, trinken war normal, aber kiffen gehörte sich nicht. »Wenn du damit nicht aufhörst, müssen wir wohl noch mal zu Doktor Klimkart«, hatte sie gesagt. Doktor Klimkart war die Psychologin, zu der sie ihn als Kind ein paarmal geschleppt hatte, angeblich, weil er unter ADHS litt. Okay, er war manchmal aufbrausend gewesen, aber wer war das nicht? Es gab so vieles, zu Hause und in der Schule, was einen in den Wahnsinn treiben konnte, oder nicht? Aber seitdem er kiffte, hatte sich das gelegt. Er war ruhiger geworden, keine Ausraster mehr. Seine Mutter wusste gar nicht, wie gut das Zeug war, das sie so verteufelte.

»Böser Junge. Nun amüsier dich mal«, sagte Valentin, klatschte sich eine leichte Ohrfeige ins Gesicht und fing wieder an zu kichern. Er rauchte den Joint so weit hinunter, dass er sich fast die Finger verbrannte, und drückte den Rest an den Metallstreben seines Bettes aus. Von draußen drang das Gelächter und Gejohle der anderen zu ihm durch. Idioten alle miteinander, dachte er, und dann schlief er ein.

***

Lara war zur Terrasse gegangen, wo inzwischen so viele Leute tanzten, dass sie nicht groß auffiel. Kopf ausschalten und in die Musik eintauchen! Plötzlich hatte sie Spaß. Alles war leichter geworden, spannender – und das lag an dem Jungen, mit dem sie gesprochen hatte. Sie hatte ihn und diesen dämlichen Erik am Pool stehen gelassen, weil sie allergisch gegen das Machogehabe der beiden gewesen war. Trotzdem ... sie hätte ihn gerne kennengelernt, diesen fremden Jungen. Sie schaute sich nach ihm um. Eben war er noch im Wasser gewesen und er hatte verdammt gut ausgesehen, nur in Boxershorts, mit seiner braunen

Haut und den dichten schwarzen Haaren, in denen die Wassertropfen wie Perlen hängen geblieben waren. Sie hatte sich richtig zwingen müssen, ihn nicht anzustarren.

Jetzt sah sie ihn nicht mehr, weder im Pool noch auf der Tanzfläche oder im Garten. Aber sie war sich ziemlich sicher, dass er noch nicht gegangen war.

***

Cap zog sich die Jeans über die nassen Shorts und ging so gelassen wie möglich auf den hinteren Teil des Gartens zu. Er wartete förmlich darauf, dass ihn jemand zurückpfiff. Aber niemand schien ihn zu beachten und er schlenderte weiter. An die Rückseite der alten Villa schloss sich ein flaches, weißes Gebäude an, das sicher nachträglich angebaut worden war. Es sah fast wie ein amerikanisches Motel aus, mit mehreren Eingängen. Vielleicht war das der Teil des Hauses, wo Besuch untergebracht wurde.

Neugierig schaute er durchs Fenster. Im Zimmer waren ein Bett mit bunten Kissen zu sehen, ein Wandschrank, ein Nachttisch und ein Flachbildschirm. Jetzt erst entdeckte er den Zettel, der außen an der Tür klebte: Hier Gäste-WC. Super, die hatten ja wirklich alles durchorganisiert. Ein Klo konnte er tatsächlich gerade gut gebrauchen. Er öffnete die Tür und betrat den Raum, von dem zwei schmalere Türen abgingen. An der einen hing noch mal ein Zettel mit dem Hinweis aufs Gäste-WC. Allerdings war das schnöde Wort WC die reinste Untertreibung. Denn das Badezimmer, in dem er kurz darauf stand, war sicher mehr als doppelt so groß wie das Minibad bei ihnen zu Hause.

Als er auf dem Klo saß, nahm er die Flasche mit dem Schaumzeug vom Rand der Badewanne. Keine schlechte Idee eigentlich, hier inmitten von Schaumbergen in der Wanne zu liegen, Bier zu trinken, durch die offene Tür fernzusehen und ein bisschen durch die Programme zu zappen. Mann, was mochte das für ein Gefühl sein, in so einer Villa zu Hause zu sein?

Okay, aber dafür war er nicht auf die Party gekommen … Vorsichtig um sich schauend, verließ er das Apartment und hielt auf eine improvisierte Bar zu, hinter der eine Blondine stand und Cocktails mixte. Es war inzwischen noch voller im Garten geworden – die Chance, dass ihn dieser Türsteher aufspürte, war nicht sehr groß. Außerdem stand der bestimmt längst wieder vorne an der Straße. Er ließ sich einen giftgrünen Drink geben und entspannte sich. No risk, no fun.

Nach dem dritten oder vierten Glas hatte er jede Angst verloren, rausgeworfen zu werden. Er hatte es von Anfang an gewusst: Er gehörte hierher, so wie jeder andere. Die Arme hinterm Kopf verschränkt, lag er auf einem Liegestuhl, sah auf die Elbe hinunter, die die untergehende Sonne rot gefärbt hatte, hörte der Musik zu und spürte, wie zusammen mit dem Alkohol das Glück durch seinen Körper pulsierte. Hey, das alles war einfach genial!

»Hier steckst du also!« Lara stand plötzlich neben ihm. »Bei den vielen Leuten verliert man echt den Überblick.«

Er schenkte ihr sein liebevollstes Grinsen. »Hast du mich gesucht?«

»Nicht direkt«, antwortete sie, »aber es ist schön, dich zu sehen.«

»Ehrlich?«

»Ehrlich.«

»Das trifft sich gut. Ich hab schon die ganze Zeit auf dich gewartet.« Er nahm ihre Hand und zog sie zu sich auf die Liege. Sie setzte sich bereitwillig neben ihn und er spürte die Wärme, die von ihrem Körper ausging.

»Ich hab extra einen Cocktail für dich geholt. Probier mal«, sagte er und reichte ihr sein Glas, das noch fast voll war.

Sie lachte und sah ihn beim Trinken über das Glas hinweg an. Wow, sie hatte eigenartig blaue Augen, fast wie ein Husky, und durch ihre langen schwarzen Wimpern wirkten sie umso heller. Sie lehnte sich zurück und eine Weile lagen sie Seite an Seite, schauten auf den Fluss und die Lichter auf der anderen Elbseite und tranken abwechselnd aus dem Glas.

»Super hier«, sagte sie schließlich und seufzte einen kleinen Seufzer.

»Absolut.«

»Ich hab immer noch nicht diesen Valentin kennengelernt. Melanie wollte ihn mir vorstellen, aber die macht die ganze Zeit mit Erik rum. Ich glaube, der Typ ist ein Freak.«

»Erik?«

»Nein, der ist nur blöd und arrogant.« Sie schüttelte

den Kopf und ihre langen Haare kitzelten ihn am Hals. »Ich meine Valentin.«

»Valentin? Wie kommst du darauf? Hat deine Freundin das gesagt? Melanie?«

»Das ist nicht meine Freundin, ich kenne sie eigentlich gar nicht richtig. Ich kenne hier niemanden, ehrlich gestanden.« Lara setzte sich auf. Sie schaute zum Pool, wo die Leute ausgelassen tanzten. »Na ja, dieser Valentin lädt jede Menge Leute ein, aber dann verzieht er sich offenbar.«

»Vielleicht liegt er einfach nur irgendwo im Liegestuhl und unterhält sich mit einem hübschen Mädchen …«

Sie lachte. »Klar.«

»Und ich wette, er unterhält sich nicht nur mit ihr.« Er zog sie wieder zu sich und strich ihr mit den Fingern durch die Haare. In seinen Adern begann es zu kribbeln.

»Sondern?«, fragte sie und drehte sich zu ihm. Ihr Gesicht war nur noch wenige Zentimeter von seinem entfernt.

Statt einer Antwort küsste er sie. Und sie küsste zurück, so sanft und vorsichtig, als wäre sie unsicher, ob es das Richtige war, was sie da taten.

Doch es war das Richtige. Es war so richtig und gut, wie der ganze Abend schon richtig und gut gewesen war. Es war die Krönung! Er versank in diesem Kuss und ihm wurde schwindlig. Auf der Elbe tutete ein Ozeanriese, er übertönte die Dancefloormusik aus den Boxen, sein tiefer Ton brachte das Cocktailglas zum Vibrieren, das er immer noch in der Hand hielt. Er ließ es auf den Rasen fallen und vergrub seine Hände in ihrem Haar. Wieder dröhnte es laut von der Elbe hoch und er stöhnte auf. In seinem betrunkenen Kopf wurde all das zu einem einzigen Flash.

***

»Wow …« Lara holte tief Luft. Das war doch nur ein Kuss … Aber dieser Kuss war so wahnsinnig gewesen, dass sie ihn überall gespürt hatte, in jeder Faser ihres Körpers. Sie setzte sich auf und rückte ein Stück von dem Jungen ab, um ihn anzusehen. Im Licht der Fackeln, die im Garten brannten, leuchteten seine Augen bernsteinfarben und seine Haut schimmerte wie brauner Samt. Wie schön er war … Schön und fremd und aufregend. Sie zog die Beine an und schlang die Arme um die Knie.

»Ich glaube, das da drüben ist Finkenwerder«, sagte sie – einfach nur, um diese unglaubliche Spannung runterzufahren. Was für eine blöde Bemerkung …

»Klar. Finkenwerder«, murmelte er. »Warst du da schon mal?«

»Nee.«

»Ich auch nicht. Wir können ja mal zusammen hinfahren.« Er strich ihr mit den Fingerspitzen über den Rücken und diese leichte Berührung rieselte ihr bis in die Zehenspitzen. »Ist dir kalt?«, fragte er leise. »Sollen wir uns was suchen, wo es wärmer ist?«

Ihre Wimpern flatterten. Sie wusste, worauf das hinauslaufen würde. Das konnte nicht sein, oder? Nicht nach den wenigen Minuten, die sie mit ihm verbracht hatte. Das war ganz und gar unmöglich.

»Das Haus ist verschlossen. Die wollen nicht, dass irgendjemand reinkommt.« Sie merkte selbst, wie unentschlossen ihre Stimme klang. Wenn sie das Ganze noch stoppen wollte, dann musste sie aufstehen, und zwar sofort.

»Ich weiß.« Seine Finger fuhren jetzt durch die Haare in ihrem Nacken.

Es war unmöglich aufzustehen, undenkbar aufzuhören und sich diesem Sog zu entziehen. Mit klopfendem Herzen versuchte sie, ein halbwegs normales Gespräch hinzubekommen. »Die haben ja sicher wertvolle Sachen im Haus, so wie das hier aussieht. Ich weiß gar nicht, was die von Beruf sind. Ich meine, ich kenne die ja eigentlich nicht. Ich bin ja wegen Melanie hier und die ist eigentlich nur ...« Sie brach ab. Was redete sie denn da für einen Stuss? Wenn er sie so anschaute, brachte er sie ganz durcheinander.

»Klar.« Er grinste. »Völlig klar.«

»Und jetzt?« Sie warf ihm einen schnellen Blick zu.

»Jetzt wüsste ich, wo wir es gemütlicher hätten.«

»Ach ja ...«

»Warte hier. Lauf nicht weg.« Er stand auf.

»Wo willst du denn hin?« In dieser Sekunde vermisste sie ihn schon. Die Wärme seines Körpers, den Druck seines Schenkels gegen ihren.

»Das wirst du gleich sehen. Es wird dir gefallen.« Er grinste immer noch reichlich siegesbewusst.

Sie sah ihm nach, wie er über den Rasen ging, mit dem wiegenden Gang eines Cowboys, die Hände locker im Gürtel verhakt. Männlich und selbstsicher, aber auch ein bisschen lächerlich, oder? So waren sie oft, die Typen.

Manchmal ging ihr das auf die Nerven, aber dieser Junge war ziemlich sexy. Nein, er war *unglaublich* sexy. Sie lehnte sich in dem Liegestuhl zurück und schaute auf den Fluss hinunter, auf dem sich ein gewaltiges Containerschiff Richtung Nordsee schob. Sie fühlte sich großartig.

***

Was war los? Valentin wurde durch das durchdringende Tuten eines Schiffes gestört. Ein Scheißdampfer, der sich wichtigmachen wollte. Der tiefe Ton vermischte sich mit der Musik und dem Geschrei der Party, die er gerade verpasste. Valentin, hey, Valentin! Irgendjemand rief seinen Namen. Irgendjemand wollte was von ihm. Er nahm das alles wahr, aber er wachte nicht wirklich auf.

»Ja, ja«, murmelte er, »ich komm ja schon.«

Er schaffte es tatsächlich, sich aufzusetzen. Mit halb geöffneten Augen schaute er sich in seinem Zimmer um, sah den Schein der flackernden Fackeln auf der Fensterscheibe und wusste nichts damit anzufangen. Er griff nach der Wasserflasche, die neben seinem Bett stand, trank sie leer und kippte wieder aufs Bett, wo er sich das Kissen über den Kopf zog.

Als das Containerschiff am Grundstück der Voigts vorbeigefahren war, war er bereits wieder in einen unruhigen Schlaf gesunken, der ihn alles vergessen ließ, was er vergessen wollte.

***

Cap ging über den Rasen auf das Haus zu, wobei er sich konzentrieren musste, nicht zu stolpern. Von der Elbe wehte ein frischer Wind und kühlte ihm die Stirn. Mit jedem Schritt kam seine Sicherheit wieder. Hey, das lief alles, als hätte er es geplant.

Als er vor dem Anbau stand, fühlte er sich schon fast wieder nüchtern. Er betrat das Apartment, schaute nach, ob jemand das Klo benutzte, sah sich noch mal prüfend im Zimmer um und ließ die Jalousie runter. Dann riss er die WC-Zettel von den Türen, knüllte sie zusammen und warf sie in den Papierkorb.

Eine Minute später war er wieder bei Lara. »Also komm«, sagte er und streckte ihr die Hand hin.

»Und wohin?«

»Wo es wärmer ist. Und ruhiger.« Er grinste sie an und sie biss sich auf die Unterlippe. Einen Augenblick zögerte sie noch, dann ließ sie sich von ihm hochziehen. Hand in Hand gingen sie auf den Anbau zu, der im letzten Licht des Abends bläulich leuchtete.

»Wie schön es in Hamburg ist. Viel besser, als ich gedacht habe«, hörte er Lara sagen.

»Bist du nicht von hier?«, fragte er, obwohl seine Gedanken gerade um alles Mögliche kreisten, nur nicht darum, wo Lara aufgewachsen war. Hatte er Kondome eingesteckt? Nein, natürlich nicht. Er war einfach so aus der Wohnung gestürmt, weil er es in seinem Zimmer nicht mehr ausgehalten hatte. Nicht einmal den Schlüssel hatte er mitgenommen, sodass er seine Mutter in der Nacht irgendwann rausklingeln musste.

»Ich habe bis vor Kurzem in Flensburg gewohnt«, antwortete sie in sein Grübeln hinein. »Wir sind erst im Mai umgezogen.«

»Ah ja.«

»Aber hier ist es gar nicht so übel.« Sie lachte. Es klang aufgedreht, nervös. So aufgedreht, wie er selbst war.

»Auf jeden Fall.« Er lachte auch.

Und dann standen sie vor der Tür des Apartments und er öffnete sie wie selbstverständlich. »Hereinspaziert«, sagte er, was er im selben Moment ziemlich albern fand. Egal ... Sie war mit ihm gekommen. Sie war bei ihm, hier in diesem Zimmer. Als er hinter ihr die Tür zuzog, sah er, dass es einen Riegel gab, den man von innen zuschieben konnte. Was für ein Glück.

Im Halbdunkel standen sie sich gegenüber. Jetzt, wo sie alleine waren und der Partylärm nur noch gedämpft zu hören war, lag eine solche Spannung zwischen ihnen, dass er sein eigenes Blut im Kopf rauschen hörte. Mann, diese Lara haute ihn um. Er traute sich kaum, sie zu berühren, aus Angst zu explodieren.

Sie schaute sich um. »Wo sind wir hier eigentlich?«

»Im Gästezimmer.« Er räusperte sich. »Es gibt hier mehrere solche Zimmer. Wie im Motel, weißt du.«

»Wie im Motel ...« Ihr Blick war jetzt wieder auf ihn gerichtet und ihm wurden die Knie weich. Er ließ sich aufs Bett fallen.

»Komm«, sagte er und streckte die Hand nach ihr aus.

Sie setzte sich auf die Bettkante. »Und da kann man einfach so reingehen, in eins der Gästezimmer?«

Jetzt kniete er neben ihr und berührte mit den Fingerspitzen die sonnengebräunte Haut entlang der Träger ihres Kleides. »Klar, warum nicht? … Wenn man hier zu Hause ist«, antwortete er.

»Du wohnst hier? Ehrlich?« Sie zog die Augenbrauen hoch.

»Klar.« Er schob seine Hand unter den Träger. »Das ist alles meins.«

»Wow …«

»Tut mir leid, dass ich mich nicht richtig vorgestellt habe …«

Lara kniete sich ebenfalls aufs Bett, eine Armlänge von ihm entfernt. Sie betrachtete ihn prüfend, so als wollte sie ihm noch mehr Fragen stellen. Doch er hielt es nicht mehr aus. Er zog sie an sich und küsste sie, fordernd und ungestüm. Und dann gab es erst einmal keine Fragen mehr. Sie verstanden sich ohne Worte. Vollkommen. Das hier, das war das Beste, was das Leben zu bieten hatte. Es war perfekt.

***

Verschwitzt und atemlos lagen sie nebeneinander. Durch die Jalousie fiel das Licht aus dem erleuchteten Garten in dünnen Streifen aufs Bett. Lara zog sich die Decke über die Hüften. Auf einmal war es ihr peinlich, nackt neben diesem Jungen zu liegen, den sie doch kaum kannte. Verrückt war das, vollkommen verrückt. Sie wusste ja nicht einmal genau, wer er war. So etwas war ihr noch nie passiert.

Sie nahm die Hand des Jungen und verschlang ihre Finger mit seinen. Obwohl auch ihre Haut jetzt im Sommer nicht blass war, hoben sich seine Finger dunkel von ihren ab.

»Hab ich das richtig verstanden?«, sagte sie mit einer Stimme, die noch ganz belegt klang. »Du bist Valentin?«

»Das kannst du dir wohl nicht vorstellen, oder?« In seiner Frage schwang ein Hauch Angriffslust mit. »Du hast geglaubt, wer hier wohnt, ist blond und blauäugig. So ein richtiger Arier, oder?«

»Quatsch.«

»Klar hast du das gedacht.« Er löste seine Hand aus ihrer und lehnte sich mit dem Rücken gegen die Wand.

Sie setzte sich ebenfalls auf und sah ihn von der Seite an. War er jetzt gekränkt? Irgendwie hatte er ja recht – sie hatte wirklich geglaubt, dass nur solche Typen wie Erik und seine Freunde in solch einer Villa leben. Aber was soll's … Das Haus hier, der Garten, die Elbchaussee, das alles war ihr völlig egal. Das Einzige, was zählte, war diese unglaubliche Anziehungskraft, die es zwischen ihnen gab, oder nicht? Vielleicht fühlte sie sich tatsächlich deshalb so zu ihm hingezogen, weil seine Haut dunkel war und nicht blass. Weil er die schönsten Bernsteinaugen hatte, die sie je gesehen hatte. Weil seine Lippen so voll und weich waren … Aber es war ja nicht einfach nur sein Aussehen, das sie umgehauen hatte. Es war viel mehr. Es war alles an ihm. Sie stupste ihn mit dem Ellenbogen an.

»Hey«, sagte sie, »Valentin …«

Er drehte sich zu ihr und pustete ihr eine Haarsträhne aus dem Gesicht. »Hey«, antwortete er, »Lara.«

»Es ist nur so … Ich kenn dich doch eigentlich überhaupt nicht.« Sie lachte verlegen. »Und ich hab noch nie mit jemanden geschlafen, den ich nicht kannte.«

»Ich auch nicht.« Er küsste erst ihren linken Mundwinkel, dann ihren rechten. »Ich finde, wir sollten uns unbedingt kennenlernen.« Seine Hand wanderte über ihren Bauch, doch sie hielt sie fest.

»Ja. Genau. Frag mich was.«

»Also gut.« Er legte die Stirn in Falten, als müsste er angestrengt nachdenken. »Okay. Wie viel sind siebzehn mal vier?«

»Eine richtige Frage, du Blödmann!« Sie stupste ihn in die Seite.

»Na gut … Was hast du vorhin gesagt? Aus welcher Stadt kommst du?«

»Aus Flensburg.«

»Flensburg, aha.« Er nickte.

»Das ist kurz vor Dänemark. Und du? Wo kommst du her?«

»Wo ich herkomme? Aus Hamburg.«

»Klar, aber ich meinte …«

»Ich weiß schon. Meine Mutter ist aus Ghana.«

»Seit wann ist sie in Deutschland?«

»Sie ist mit achtzehn weggegangen, einfach so, sie hat ihre ganze Familie zurückgelassen. Sie wollte ein besseres Leben.«

»Ziemlich mutig.«

»Ja, ziemlich mutig.«

»Und dein Vater?«

Valentin spannte plötzlich die Muskeln an. Ohne ihn anzusehen, spürte sie, dass sich seine Miene verfinsterte. Hatte sie schon wieder etwas Falsches gesagt? Hätte sie ihn das nicht fragen sollen? Puh, es war anscheinend gar nicht so einfach, diesen Jungen wirklich kennenzulernen.

***

»Mein Vater …« Cap stockte. Unwillkürlich setzte er sich noch ein wenig mehr auf, sodass er von Lara abrückte.

Meinen Vater kenne ich nicht, wollte er sagen. Das heißt, er wollte es nicht sagen. Er wollte es am liebsten nicht einmal denken. Sein Vater war der große Unbekannte, die Leerstelle in seinem Leben, der weiße Fleck auf der Landkarte. Vielleicht war *er* tatsächlich groß und blond und blauäugig gewesen. Seine Mam hatte mal so eine Andeutung gemacht, als er sich darüber wunderte, um wie viel heller seine Haut war als ihre. Nein, das Einzige, was er von seinem Erzeuger mit Sicherheit wusste, war, dass er ein Arschloch war, der seine Mutter abserviert hatte, nachdem er, hoppla, mal eben ein Kind mit ihr gezeugt hatte. Ein Kind mit einer Schwarzen, die in seinem Büro geputzt hatte, in seinem feinen, noblen Büro in der City. Also nicht nur ein Arsch, sondern auch noch ein Geldsack. Und seine Mutter? Die war so stolz und gnadenlos dumm gewesen, ihn nicht auf Unterhalt zu verklagen. Lieber hatte sie ihr Baby in der Kinderkrippe abgegeben. Und um über die Runden zu kommen, hatte sie von früh bis spät für einen lächerlichen Lohn geschuftet, so wie sie es immer noch machte.

Er stieß die Luft durch die Nase aus. »Mein Vater und meine Mutter sind getrennt, schon lange ... Hey, müssen wir unbedingt über meine Eltern reden?« Er rutschte wieder näher, schob seine Hand unter die Bettdecke und legte sie auf Laras Schenkel.

»Nicht unbedingt. Worüber würdest du denn lieber sprechen?«

»Wir müssen überhaupt nicht reden, finde ich. Jedenfalls nicht jetzt.«

»Nein?«

»Nein.« Seine Finger wanderten auf und ab.

»Auch gut ...« Lara ließ ihr raues Lachen hören, das so ganz anders klang als das schrille Gegacker der Mädchen, mit denen er sonst zusammen war. »Sogar ziemlich gut. Aber ich sollte eigentlich mal nach Melanie sehen. Wir müssen wohl mal nach Hause.«

»Eigentlich«, murmelte er, »aber nur eigentlich. O Mann, Lara, geh noch nicht ...«

Da drehte sie sich zu ihm und küsste ihn. Und dieser Kuss ließ ihn alles vergessen, was ihn gerade eben noch hatte bitter werden lassen.

Als sie später endgültig voneinander ließen, fiel er nach wenigen Minuten in den Schlaf, den Bauch an Laras Rücken gedrückt, seine Nase in ihrem Haar. Undeutlich bekam er mit, dass sie etwas zu ihm sagte. Aber er war zu müde, um nachzufragen.

***

Valentin wachte mitten in der Nacht auf, weil er Geräusche im Wohnzimmer hörte. Er rieb sich die Schläfen und schwang sich aus dem Bett. Scheiße ... waren die Leute jetzt doch ins Haus gekommen? Mit wackligen Beinen ging er die Treppe hinunter.

Das Wohnzimmer war leer. Nur sein Vater hielt sich am Flügel fest und tippte mit der rechten Hand einen einfachen Blues. Auf dem glänzenden schwarzen Lack stand ein Glas, in dem vermutlich Whisky war. Schlummetrunk nannte er so was.

»Und? War es nett?«, fragte sein Vater.

Valentin zuckte die Schultern. »Klar«, sagte er, »nett ...«

Sein Vater sah an ihm vorbei in den Garten, dann kniff er die Augen zusammen. »Was soll das denn, Valentin? Warum schickst du die Leute nicht nach Hause, wenn die Party vorbei ist?«

Im ersten Moment wusste Valentin nicht, von wem er sprach. Dann erkannte er die Kids, die draußen im Garten auf Liegestühlen lagen, zusammengekrümmt gegen die nächtliche Kälte, die von der Elbe hochkam. Er zuckte mit den Schultern. »Lass sie doch«, sagte er. »Vielleicht sind die mit dem Auto gekommen. Ist doch besser, wenn sie dann nicht mehr fahren.«

Sein Vater musterte ihn spöttisch. »So viel Umsicht

hätte ich dir gar nicht zugetraut.« Er trank sein Glas in einem Zug leer. »Wenn ich morgen früh aufstehe, will ich die hier nicht mehr sehen«, sagte er und ging an Valentin vorbei zur Treppe, leicht schwankend und um Haltung bemüht. »Ist das klar?«

»Klar«, antwortete Valentin, knallte die Hacken zusammen und salutierte. Er wartete, bis es im ersten Stock ruhig wurde. Dann setzte er sich an den Flügel und spielte leise ein paar Takte. Er griff den Blues auf, den sein Vater gestümpert hatte, und improvisierte darauf eine melancholische Melodie. Er ließ den Kopf auf die Brust sinken, die Töne schwangen sanft und tröstend durch seinen Körper, lullten ihn ein wie ein Wiegenlied. In diesem Moment war er ausgesöhnt mit den ewigen Ansprüchen seines Vaters. Immerhin hatte er ihn dazu gebracht, Klavierspielen zu lernen.

***

Lichtstreifen fielen auf das Bett und malten ein unbekanntes Muster. Cap brauchte eine Weile, bis er begriff, wo er war. Er schaute sich nach Lara um, doch er war allein im Zimmer. Sie war nicht mehr da. Ein feiner Stich der Enttäuschung ließ ihn endgültig wach werden. Hinter dem geschlossenen Fenster hörte er Stimmen. Er stand auf, bog die Lamellen der Jalousie auseinander und linste nach draußen. Mann, da sah es aber wüst aus. Überall lagen Bier- und Sektflaschen und offene Pizzakartons mit matschigen Resten herum. Ein paar Typen, die reichlich verfroren und übernächtigt wirkten, schlichen durch den Garten.

Hinter seinen Schläfen pochte es und seine Kehle brannte vor Durst. Er tappte ins Badezimmer, um aus dem Wasserhahn zu trinken. Im Spiegel begrüßte er sein verschlafenes Gesicht mit einem Grinsen. »Guten Morgen ... Valentin.« Er musste kichern, obwohl ihm bei jeder Bewegung der Kopf wehtat. Ob er die Dusche benutzen konnte? Oder würde man das im Garten hören? Er drückte auf den Seifenspender und ließ die hellgrüne Soße auf das Porzellan tropfen, die einen Geruch von Limone verbreitete. Entschlossen schob er die Glaswand der Duschkabine auf. Egal! Er wollte jetzt duschen und er würde jetzt duschen. Da draußen lagen nur ein paar Schnapsleichen herum, die nicht einmal mitkriegen würden, wenn hier jemand die Bude abfackelte.

Zwanzig Minuten später stand er, in ein weißes Badelaken gewickelt, vor dem Badezimmerschränkchen und zog die Schubladen auf. Na, wunderbar, die hatten an alles gedacht. Eine Schachtel Tampons, ein Kamm, Zahnbürste, Zahnpasta und ein Einmalrasierer. Sogar Kondome gab es. Sein Puls ging automatisch schneller. Lara ...

In diesem Moment klingelte im Zimmer nebenan sein Handy. Er lief hinüber, nahm seine zerknüllte Jeans vom Boden und zerrte sein iPhone hervor. Das musste sie sein! Das war Gedankenübertragung! Er konnte sich vage erinnern, ihr in der Nacht seine Nummer gegeben zu haben, und jetzt rief sie also wirklich an.

»Ja?«

»Cap! Wo steckst du?« Es war seine Mutter.

Er seufzte hörbar. »Mam … Wo soll ich schon sein? Auf einer Party.«

»Du bist die ganze Nacht nicht nach Hause gekommen! Hättest du nicht wenigstens anrufen können?« Ihr Ärger war nicht zu überhören.

»Warum hast *du* denn nicht angerufen?«, fragte er zurück, obwohl das eine dumme Frage war. Er hatte seiner Mutter oft genug gesagt, wie sehr er es hasste, wenn sie hinter ihm hertelefonierte. »Es ist spät geworden und ich habe hier geschlafen«, erklärte er jetzt und bemühte sich, liebevoll zu klingen, um sie nicht noch mehr aufzuregen. »Mam, in ein paar Monaten bin ich volljährig. Du musst nicht auf mich aufpassen, wirklich nicht.«

»Schön wäre es … Wann bist du denn zu Hause?« Sie klang schon wieder besänftigt.

»Weiß nicht. Mal sehen, was noch läuft.«

Während er mit halbem Ohr ihren Ermahnungen zuhörte, die er eh auswendig kannte, beobachtete er durch die Jalousie, wie im Garten jemand dabei war, den Müll zusammenzutragen. Es war ein Typ mit kurz geschorenen Haaren, nicht viel älter als er selbst, der ihn mit seinen rot behaarten Armmuskeln an seinen Freund Dennis erinnerte. Er hatte Gummihandschuhe an und stopfte alles, was herumlag, in einen Müllsack. Von den Leuten, die auf den Liegen übernachtet hatten, war nichts mehr zu sehen.

»The party is over«, murmelte er.

»Was sagst du?«, hörte er seine Mutter fragen.

»Nichts, Mam. Ich muss Schluss machen, hier wird jetzt aufgeräumt. Bis später.«

Er legte auf und warf das Handy aufs Bett. Er sah in den Garten hinaus. Vielleicht war es nicht so schlau, da draußen aufzutauchen, solange dort jemand herumlief. Andererseits ... Er hatte Hunger, und wer weiß, wie lange der Typ da noch brauchte. Eigentlich konnte der ihm gar nichts, oder? Der wusste ganz bestimmt nicht, wer alles eingeladen gewesen war und wer nicht. Mit dem Fuß angelte er seine Jeans und sein Hemd vom Boden, und ohne den Typen im Garten aus den Augen zu lassen, zog er sich an. In diesem Moment meldete sich erneut sein Handy.

Dieses Mal war es wirklich Lara.

»Hi, Valentin«, sagte sie, »ausgeschlafen?«

Er ließ die Jalousie los und setzte sich aufs Bett. Die drei Worte reichten aus, um seinen Puls zu beschleunigen und ein breites Grinsen auf sein Gesicht zu zaubern. »Nicht wirklich«, antwortete er.

»Ich auch nicht. Ich bin ziemlich müde.«

»Kann ich mir vorstellen.«

Ein paar Sekunden herrschte Schweigen. Puh, er war solche Situationen nicht gewohnt. Erwartete sie jetzt, dass er irgendwas Romantisches sagte? Aber was? Was sagte man, wenn einem das Herz klopfte, aber man nicht wie ein Schlagerfuzzi klingen wollte?

Er hörte, wie sich Lara räusperte. »Sag mal, kann es sein, dass ich meine Kette bei dir verloren habe? Kannst du mal nachschauen?«, fragte sie.

»Klar? Wie sieht sie denn aus?« Er ließ den Blick über das zerwühlte Bett gleiten.

»Silbern. Aber so viele Ketten werden ja wohl eh nicht in eurem Gästezimmer rumliegen, oder?«

Er lachte unsicher. »Wer weiß ... Ich guck mich mal eben um.« Er schüttelte die Bettdecke auf, hob die Kopfkissen hoch, suchte den Boden ab. »Ich finde sie nicht. Bist du sicher, dass du sie hier verloren hast?«

»Nein, nicht wirklich«, antwortete sie. »Soll ich vielleicht selbst mal suchen? Ich könnte heute Nachmittag vorbeikommen.«

Vorbeikommen ... hier an die Elbchaussee ... Cap verzog das Gesicht. »Äh, also ... lieber nicht ... Ich meine, wahrscheinlich bin ich nicht da.«

»Tja, dann ... Übrigens, tut mir leid, dass ich so schnell weg war. Ich musste Melanie nach Hause fahren. Ich hatte es ihr versprochen.«

»Ja, schade.«

»Ja?«

»Ja! Sehen wir uns wieder, Lara?«

»Wenn du willst ...«

»Klar will ich ... Ich ... ich ruf dich an, okay?«

»Super. Also dann ... bis bald, Valentin, mach's gut.«

»Mach's gut«, wiederholte Cap, obwohl sie die Verbindung bereits unterbrochen hatte. Mann, das Gespräch war nicht gerade toll gelaufen, so wie er rumgestottert hatte. Aber egal, das würde er schon wieder ausbügeln, wenn er sie wiedersah. Und er würde sie wiedersehen! Der Abend war viel zu super gewesen, als dass er sich die Laune verderben ließ. Er speicherte ihre Nummer in seinem Adressbuch und steckte das iPhone in die Hosentasche.

Tänzelnd ging er ins Badezimmer hinüber, nahm das Aftershave aus dem Schränkchen, schnüffelte daran und kippte sich eine Handvoll davon auf die Wangen. Er rieb sich den letzten Rest Müdigkeit aus dem Gesicht und lächelte seinem Spiegelbild zu. Hey, Cap, du schaffst alles, wenn du nur willst! War es nicht das, was er fünfmal am Tag zu hören bekam?

***

Der Frühstückstisch war auf der Terrasse gedeckt. Lara saß in ihrem ausgeleierten Schlaf-T-Shirt neben ihrer kleinen Schwester auf der Teakholzbank und knabberte an einer Scheibe Toastbrot. Zum Glück brauchte sie nichts Wesentliches zum Gespräch beizutragen. Ihr Vater hatte sich eh hinter seiner Zeitung versteckt und Leonie redete unentwegt. Sie war hartnäckig guter Laune. Es schien sie auch nicht groß zu stören, dass ihr niemand wirklich zuhörte.

Ihre Mutter musterte Lara mit ihrer typisch besorgten Miene. »Es ist gestern ziemlich spät geworden, oder?«

»Geht so …«, antwortete sie vage.

»War die Feier schön? War es eigentlich eine Geburtstagsparty? Nett von dieser Melanie, dich mitzunehmen.«

Lara nickte. Sie zwirbelte ihre langen Haare zwischen den Fingern.

»Es wird ja auch Zeit, dass du hier mal Freundinnen findest.«

Mühsam unterdrückte Lara ein Seufzen und nickte wieder. Sie wollte nicht hier sitzen und die brave Tochter spielen. Sie wollte alleine sein, den letzten Stunden nachspüren, die Bilder der Nacht noch einmal ablaufen lassen, sich an Valentins Berührungen erinnern, seine Worte wiederholen, ihren eigenen Gefühlen auf die Spur kommen. Aber mit jeder Minute, die sie hier vertrödelte, verloren ihre Erinnerungen an Intensität.

Dazu kam noch das Telefongespräch eben. Sie hatte sich hinter dieser blöden Kette versteckt, anstatt einfach offen damit herauszukommen, dass sie ihn gerne wiedersehen wollte. Und Valentin? Der war ziemlich uneindeutig gewesen.

»Ich hab keinen Hunger!« Unvermittelt schob sie ihren Stuhl zurück und sprang auf. »Ich gehe nach oben ...« Unter dem prüfenden Blick ihrer Mutter verließ sie den Esstisch und lief die Treppe hoch in ihr Zimmer. Sie warf sich aufs Bett und vergrub den Kopf in den Kissen.

Die euphorische Stimmung, die sie in der Nacht mit in ihre Träume genommen hatte, war dahin. Verdammt, sie hatte alles falsch gemacht. Sie war mit einem Typen ins Bett gegangen, den sie so gut wie gar nicht kannte. Sie hatte nicht verhütet, nicht ans Schwangerwerden, an Aids gedacht, sie hatte zu viel getrunken und sich trotzdem ans Steuer gesetzt. Sie hatte sich um zwei Uhr morgens aus dem Bett gequält, weil sie dieser idiotischen Melanie versprochen hatte, sie nach Hause zu bringen. Und statt mit Valentin zusammen aufzuwachen, hatte sie sich wie jeden Sonntag von ihrer Mutter aus dem Bett werfen lassen.

Sie versuchte sich vorzustellen, wie der Morgen mit ihm gewesen wäre. Gehörte er zu den Typen, die einen am nächsten Tag eiskalt abblitzen ließen? Die eine schräge, altmodische Idee davon im Kopf hatten, dass ein Mädchen nicht so leicht zu haben sein sollte, obwohl sie selbst natürlich tun konnten, wonach ihnen der Sinn stand? Die plötzlich den Schalter umlegten und kalt wie ein Fisch waren? Wie sollte sie das wissen? Sie hatte nicht allzu viele Erfahrungen auf diesem Gebiet. Und dieser Valentin, der war sowieso anders als alle anderen. Reichlich selbstbewusst und gleichzeitig auch unsicher, und genau das hatte ihn noch attraktiver werden lassen. Aber vielleicht hatte sie es auch nur irritiert, dass er so gar nicht ihrer Vorstellung entsprach von jemandem, der in so einer Villa zu Hause war. Hatte er womöglich recht gehabt mit seiner Andeutung, dass seine Hautfarbe sie verwirrte?

Ihre Gedanken rotierten, ohne irgendwo anzukommen. Valentin hatte sich gefreut, ihre Stimme zu hören, oder nicht? Aber dann war er ausgewichen, als ob er sich bedrängt fühlte. War es zu früh gewesen, gleich am Mittag bei ihm anzurufen? In all den schlauen Beziehungsratgebern stand doch immer, dass man den anderen ein bisschen zappeln lassen soll. Was für ein Mist. Jetzt hatte sie schon wieder einen Fehler gemacht. Und dabei hatte sie nur seine Stimme hören wollen, hatte sich vergewissern wollen, dass es ihn wirklich gab, diesen Jungen, der sie so aus der Bahn geworfen hatte.

***

Cap hielt es nicht mehr aus in dem Zimmer. Er musste raus, sich bewegen, sich umschauen, was so los war. Ein Blick aus dem Fenster zeigte ihm, dass draußen niemand mehr zu sehen war. Und so schlüpfte er in seine Schuhe und öffnete die Tür. Vor ihm lag der Garten, hinter dem die Elbe in der Sonne glitzerte. Ein einsames Frachtschiff schob sich Richtung Nordsee. Wie Käpt'n Jack Sparrow, der aus seiner Kajüte tritt und auf der Black Pearl aufs offene Meer hinaussegelt, schritt er aus dem Gästezimmer. Die Welt war groß und das Leben fantastisch ...

Lässig schlenderte er über den Rasen auf den Kiesweg zu, der in den Vorgarten führte. Wenn man nicht entdeckt werden will, darf man niemanden anschauen, sondern muss straight seinen Weg gehen. Das hatte er mal in einem Spionageroman gelesen. Doch als er an der Terrasse vorbeikam, konnte er es sich nicht verkneifen, einen Blick zu riskieren. Wow, was für ein Wohnzimmer!

Die gläserne Schiebetür stand einen Spaltbreit offen, aber es schien niemand da zu sein. Ehe er auch nur einen klaren Gedanken fassen konnte, hatte er die Tür aufgeschoben und sah sich neugierig um. Der Raum erstreckte sich über die halbe Grundfläche der Villa. Weißbeige Sitzlandschaft, knallrote Designerküche, Essecke, offener Kamin, ein schwarzer Flügel, Bibliothek ... alles ging ineinander über. In der Mitte des Raums gab es eine Glasfläche, durch die man einen Stock tiefer schauen konnte, wie bei einem Glassbottomboat. Hammer! Er wagte sich näher und erkannte, dass der durchsichtige Boden Einblick in den Weinkeller bot.

Die Villa war totenstill. So still, wie es bei ihm zu Hause niemals war, selbst nicht mitten in der Nacht. Bei ihnen im Block war immer irgendjemand wach, der Musik oder Zoff oder lautstarken Sex machte. Und wenn es im Haus mal ruhig war, dann brüllte garantiert draußen jemand rum. Er lauschte ins Haus hinein. Ob überhaupt jemand da war? Es war Sonntagmittag, halb eins. Wahrscheinlich schliefen alle noch, bis auf den Typen, dessen Job es war aufzuräumen.

Auf der Theke zur Küche entdeckte er benutztes Frühstücksgeschirr für zwei Personen. In einem Körbchen lagen Croissants, daneben stand eine Karaffe Orangensaft und eine halb volle Flasche Sekt. Wann hatte er eigentlich das letzte Mal etwas gegessen? Gestern Nachmittag den Rest Lasagne, kalt aus dem Kühlschrank ... Er schlich hinüber, angelte sich ein Hörnchen und spülte es mit dem frisch gepressten Saft hinunter. Sein Blick fiel auf einen handgeschriebenen Zettel neben der Espressomaschine. *Guten Morgen, Valentin, ausgeschlafen? Wir sind schon los. Bei Hochstetters ist Housewarmingbrunch. Wir übernachten in Travemünde. Bis morgen, M und D.*

M und D ... Wahrscheinlich Mum und Dad. Oder mein und dein ... Er setzte die Flasche Sekt an und nahm einen Schluck. Als sein Handy klingelte, zog er es hastig hervor. Dennis – der wollte ihn sicher fragen, ob er zum Sonntagskick auf den Bolzplatz kam. Er schaltete es aus, während er mit angehaltenem Atem lauschte. Aber die Villa lag immer noch ruhig da wie eine Friedhofskapelle um Mitternacht. Der gute Valentin schlief bestimmt irgendwo in den Tiefen des Hauses seinen Partyrausch aus. Oder aber er stand in der nächsten Sekunde vor ihm und schmiss ihn achtkantig aus dem Haus. Wie schräg, dass er keine Ahnung hatte, wie der Typ eigentlich aussah, für den Lara ihn hielt.

Er sah sich um. Eigentlich müsste er jetzt endlich die Biege machen. Eigentlich. Aber seine Neugier, dieses Haus zu erkunden war eher noch größer geworden … Nahe der Küche führte eine Treppe in den ersten Stock. Vorsichtig schlich er die weiß lackierten Stufen hoch, die zu einem Flur führten, von dem mehrere Türen abgingen.

Gleich im ersten Zimmer, dessen Tür er leise öffnete, fand er den Jungen, der Valentin sein musste. Er lag mit nacktem Oberkörper bäuchlings auf einem breiten Bett, die Decke über Hintern und Beine gezogen. Die Luft im Zimmer wirkte stickig und verbraucht, die Fenster waren geschlossen und im Raum hing noch ein schwacher Geruch nach Marihuana. Vielleicht hatte Valentin seine eigene Party verpennt, weil er sich stattdessen hier oben zugedröhnt hatte …

Das Zimmer gefiel ihm. Es war bestimmt dreimal so groß wie sein eigenes. Gegenüber dem Bett gab es einen Flachbildschirm, vor einer schwarz gestrichenen Wand standen zwei blaue Ledersessel und ein zugemüllter Schreibtisch. Darüber war eine Pinnwand befestigt mit Fotos und Zetteln und einem Spruchband, auf dem *Go, Valentin, Go!* geschrieben stand. Das Band gehörte zu einem Foto, auf dem ein blasser Typ mit Baseballkappe und Hockeyschläger zu sehen war.

Eine ganze Weile stand er auf der Schwelle des Raums und betrachtete den schlafenden Jungen. Der Erbprinz … ganz klar. Und genauso, wie er vermutet hatte, war er ziemlich blond, soweit das zu erkennen war. Er hatte den Kopf fast unter seinem Kissen vergraben, ein Arm hing auf dem Boden, wo Schulbücher, iPad und Klamotten einen unordentlichen Haufen bildeten. Obenauf lag eine Jeans, in deren Schlaufen ein Gürtel steckte, halb herausgezogen, schwarzes Leder, goldenes D&G, Dolce und Gabbana, garantiert kein Fake. Er hatte so einen Gürtel neulich am Neuen Wall im Schaufenster bewundert, zweihundertfünfzig Euro sollte der kosten.

Als er den Gürtel herauszog, berührte er aus Versehen die Hand des Jungen. Cap zuckte zurück und hielt den Atem an, doch Valentin schlief unbehelligt weiter. Mit dem Gürtel in der Hand verließ Cap das Zimmer. Er nahm seinen eigenen Gürtel ab und schob den Lederriemen durch die Schlaufen seiner Jeans. Genial!

Hinter der gegenüberliegenden Tür befand sich das Badezimmer. Backsteinfarben, eine runde Badewanne auf einem Holzpodest und eine echte Palme. Die Leute hatten Geschmack. Er stopfte seinen alten Gürtel zuunterst in den Mülleimer, nahm sich Gel aus einer Tube und schmierte es sich ins Haar, was angesichts seiner kurzen dichten Locken zwar nichts brachte, aber appetitlich duftete. Dann machte er sich auf den Weg, die anderen Zimmer zu begutachten.

Das Haus war tatsächlich bis auf den schlafenden Valentin leer. Jedenfalls die Räume, die er inspiziert hatte, bevor er durch eines der Fenster den Typen im Garten entdeckte, den rothaarigen Bodybuilder, der Ähnlichkeit mit Dennis hatte. Offenbar war er mit dem Aufräumen fertig. Er fischte mit dem Kescher irgendwelche Dinge aus dem Pool, die da nicht reingehörten. Der Mann musste so eine Art Hausmeister sein. Jetzt stellte er den Käscher in den Schuppen und sah zur Villa hinüber. Cap wich einen Schritt zurück, sodass sich der weiße Leinenvorhang am Fenster bewegte. Ein paar Sekunden später hörte er ihn rufen. Die Stimme kam von unten, aus dem Wohnzimmer.

»Frau Voigt? Herr Voigt?«

Cap stand mit Herzklopfen an der angelehnten Tür. Ob der Mann jetzt hochkam?

»Valentin? ... Hallo, ist noch jemand im Haus? ... Also, ich bin jetzt fertig. Der Garten ist in Ordnung und der Pool auch ... Hallo? ... Na dann, ich gehe jetzt. Bis nächsten Freitag!«

Schlüsselgeklapper, das Geräusch einer zufallenden Tür, eine zweite Tür, die ins Schloss gezogen wurde. Dann war es wieder still. Er schlich sich in eines der Zimmer zur Straße hin, ein Musikzimmer. Außer einem E-Piano, einem Cajon und jeder Menge Bücher und Stapeln voller Noten war es leer. Vom Fenster aus konnte er den Vorgarten sehen und den Typen, der einen Motorroller zum Eingangstor schob und davonfuhr.

Er lief die Treppe hinunter. Die Terrassentür war verriegelt und ohne Schlüssel nicht zu öffnen. Die Haustür dagegen konnte er von innen aufmachen. Unschlüssig stand er in der Diele. Wenn er jetzt ging, würde er spätestens in einer Stunde in seinem eigenen Zimmer hocken, seine Mutter würde ihn löchern, dass er was für die Schule tun sollte, er würde wieder abhauen und vielleicht noch zum Bolzplatz gehen, wo er das Kicken verpasst hatte, aber Dennis aufgabeln konnte, um mit ihm noch ein bisschen um die Häuser zu ziehen, die hässlichen, abgewrackten Mietshäuser. Seufzend betrachtete er sich im Dielenspiegel. Mann, er sah gut aus, obwohl er in dieser Nacht wenig geschlafen hatte. Er sah mit Sicherheit besser aus als dieser verpennte blonde Typ da oben. Er nahm eine der Jacken von der Garderobe, eine schmal geschnittene hellgraue von Trussardi. Wow, wenn die Valentin gehörte, dann war der Junge wirklich zu beneiden.

Die Jacke passte, als wäre sie für ihn maßgeschneidert, höchstens über den Schultern war sie einen Tick zu eng. In der oberen Tasche steckte eine Sonnenbrille, und auch die sah aus, als hätte er sie sich ausgesucht. Er drehte sich einmal um sich selbst und pfiff anerkennend. Lässig steckte er die Hände in die Jackentaschen. Als er sie wieder rauszog, hatte er einen Schlüsselbund in der Hand. Ein billiger Plastikanhänger von Jim Block, genau so einer, wie er an seinem eigenen Haustürschlüssel hatte. Sein Puls ging plötzlich schneller und er biss sich auf die Unterlippe. Mann, das war kein Zufall …

Okay, er würde jetzt gehen. Aber wenn er wollte, dann konnte er wiederkommen.

Er steckte den Schlüsselbund ein und trat zur Tür hinaus auf die Stufen der kurzen Freitreppe. Er rückte die Sonnenbrille zurecht und straffte die Schultern. Ohne Hast schritt er die Treppe hinunter, die Hände in die Taschen seiner neuen Jacke vergraben. Er ging, als wäre er hier zu Hause, in dieser Villa, in dieser Straße über der Elbe, in diesem Leben.

***

Dreimal war Valentin an diesem Sonntagmorgen gestört worden. In seine Träume hinein hatte er die schrecklich muntere Stimme seiner Mutter gehört und kurz darauf den ironischen Ton seines Vaters, der ihn geweckt hatte. »Valentin, steh auf, du verschläfst noch mal deinen eigenen Tod!« Aus geröteten Augen hatte er seinen Vater angeschaut, zu allem genickt, was der gesagt hatte, und war anschließend wieder in den Schlaf gesunken.

Und dann war da noch jemand gewesen, der ihn an der Hand berührt hatte. Eine leichte, sanfte Berührung … Vielleicht war seine Mutter noch einmal zurückgekommen. Oder sein Vater …

Er blinzelte in sein abgedunkeltes Zimmer, in das die hoch stehende Sonne blau gefärbt durch den Vorhang fiel, wälzte sich auf die andere Seite und versuchte, noch einmal einzuschlafen. Aber jetzt war er endgültig wach. Er hörte Schritte im Flur, Geräusche im Wohnzimmer, spürte, dass er nicht alleine im Haus war. Als er die Stimme von Marcel erkannte und danach das Türenschlagen, entspannte er sich.

***

Cap hatte sich informiert. Er hatte im Internet alle möglichen Hinweise auf die Familie Voigt gefunden. Der Vater war im Vorstand einer Bank, die Mutter Anwältin bei einem internationalen Konzern, anscheinend für die richtig wichtigen Fälle, nicht nur in Hamburg, sondern in halb Europa. Und dieser Valentin ging in die letzte Klasse des Christianeums und war bis vor Kurzem ein Jahr als Austauschschüler in England gewesen. Oxford, Privatschule selbstverständlich.

Als er jetzt, am Dienstagvormittag, auf die Villa zusteuerte, hoffte er stark, dass niemand zu Hause sein würde. Die Eltern waren doch sicher arbeiten und Valentin in der Schule, oder? Und dieser Gärtnertyp hatte sich mit den Worten »bis nächsten Freitag« verabschiedet. Nein, eigentlich konnte nichts schiefgehen. Trotzdem klingelte er sicherheitshalber und wartete eine ganze Weile. Als alles ruhig blieb, probierte er die verschiedenen Schlüssel aus. Vorsicht war überflüssig, die Grundstücke waren so groß, dass die nächsten Nachbarn ziemlich weit entfernt wohnten, und trotzdem schaute er nach rechts und links. Der zweite Schlüssel passte, das Tor schob sich auf.

Wenig später war er in der Wohnküche. Cool, schon wieder standen frisch gepresster Orangensaft und übrig gebliebene Croissants auf der Theke. Er öffnete den Kühlschrank, schaute in die Schränke und setzte sich auf einen der Barhocker, um den Saft zu trinken und das Hörnchen zu essen. Morgens vor der Schule frühstückte er nie, sondern blieb meist so lange im Bett liegen, bis keine Zeit mehr dafür war. Seine Mutter trug vor ihrem Kantinenjob

Zeitungen aus, sie ging lange vor ihm aus dem Haus, sodass sie ihn nicht so wie früher aus dem Bett schmeißen konnte. Doch an diesem Morgen hatte er niemanden gebraucht, der ihn antrieb. Er hatte gewusst, dass etwas Besseres auf ihn wartete als die Schule.

Sein Blick fiel auf den handgeschriebenen Zettel, der auch heute wieder neben der Kaffeemaschine lag. *Hab eine gute Zeit, Valentin. Ich komme Ende der Woche wieder, Papa wohl erst am Samstag. Wenn was sein sollte, melde dich, Mama.* Jetzt entdeckte er auch die 300 Euro, die unter dem Zettel steckten, sechs Fünfzigeuroscheine. Er nahm sich einen und steckte ihn in die Hosentasche. Zweihundertfünfzig würden ja wohl reichen, immerhin war der Kühlschrank bis zum Anschlag voll.

Am Sonntag hatte er nicht die Ruhe gehabt, sich alles genauer anzuschauen. Aber das würde er jetzt nachholen. Im ersten Stock hatten die Eltern zwar ein gemeinsames Bad, aber jeder ein Schlafzimmer. Das der Mutter war bis auf den rosafarbenen Plüschteppich total in Weiß, ganz cool eigentlich. Das Zimmer des Vaters sah langweilig schwarz-weiß-grau aus. Er ließ die Türen des Schranks aufgleiten, strich über die aufgereihten Anzüge und die ordentlichen Stapel T-Shirts und Pullover. Über einem Stuhl hing ein Oberhemd; es verströmte einen leichten Geruch. Einen Männergeruch. Für einen Moment glaubte er zu wissen, dass sein Vater so gerochen haben musste, nach teurem Aftershave und Deo. Er drückte seine Nase in den feinen Stoff und atmete den fremden Geruch ein.

Im Erdgeschoss gab es ein Gästeklo und einen Raum

zum Wäschewaschen, ein Zimmer mit einem Billardtisch und dahinter einen schmalen Gang, der zum Gästetrakt führte. Das Zimmer, in dem er mit Lara geschlafen hatte, war wieder ordentlich aufgeräumt. Für ein paar Sekunden tauchte das Bild vor ihm auf, wie sie vor ihm auf dem Bett gekniet und ihn angeschaut hatte ... Mann, es hatte so wahnsinnig geknistert zwischen ihnen ... Er strich über die glatte, seidige Bettdecke und zog die Tür wieder hinter sich zu.

Als Letztes war der Keller dran. Den Raum mit den Weinregalen hatte er ja schon von oben gesehen, aber es gab auch eine Vorratskammer voller Sachen, mit denen man eine wochenlange Belagerung problemlos überstehen konnte. Dann kam eine Sauna mit Solarium und dahinter führte ein Gang in die nicht ganz so gestylten Bereiche – eine Werkstatt, die so verstaubt war, dass sie wahrscheinlich seit Jahren niemand benutzt hatte, dann ein Raum, in dem sich Aktenordner bis unter die Decke stapelten, einer mit ausrangiertem Kram und alten Fahrrädern, ein Heizungskeller. Ganz am Ende stand eine Tür offen, dahinter war ein leerer, mit dicker Isolierschicht ausstaffierter Raum, in dem Poster an den Wänden hingen. Aufnahmen von einer Schulband mit drei Jungs an den Gitarren und einem Typen am Schlagzeug, der Valentin sein musste. Einige Fotos waren bei einem Konzert gemacht worden und einige hier in diesem Raum. Er schaute sich das Schlagzeug genauer an. Wow, ein DW aus poliertem rotbraunem Ahorn, viel besser ging's nicht. Er hatte auch mal Schlagzeuger werden wollen. Mit so einem Instrument hätte er es bestimmt zu was gebracht.

Er nahm sich einen Sekt aus dem Weinkeller und ging damit wieder hinauf in Valentins Zimmer, um es sich genauer anzuschauen. Es war noch genauso unordentlich wie am Tag zuvor. Der Computer war eingeschaltet, und er öffnete die letzte Seite, die Valentin geladen hatte. Es war seine Facebookseite. Neugierig überflog er die letzten Nachrichten. Was für ein banales Gequatsche … Auch als er weiter runterscrollte, entdeckte er nichts, was wirklich spannend war. Valentin hatte an Umfragen teilgenommen, wer das heißeste Mädchen an der Schule war, hatte sich einen Wortwechsel mit einem Typen namens Puffdaddy geliefert, in dem es offenbar darum ging, sich gegenseitig so obszön wie möglich niederzumachen, und er hatte ein paar YouTube-Clips gepostet, die nicht gerade Caps Musikgeschmack trafen, My Sleeping Karma, Kyuss, Black Mountain – Psychedeliczeug … Kiffermusik wahrscheinlich. In einem Anfall von Albernheit gab er *Wisdom* ein, seinen eigenen Facebooknamen, schickte sich eine Freundschaftsanfrage und beantwortete sie prompt auf seinem iPhone. So, das war jetzt der Beginn einer langen und wunderbaren Freundschaft …

Das Telefon klingelte und er sprang auf. Er ging dem Geräusch nach und fand die Station im Arbeitszimmer des Vaters. Es juckte ihn in den Fingern, das Gespräch anzunehmen und mal zu schauen, was so passierte. Aber er war ja nicht dämlich. Und so wartete er, bis sich der Anrufbeantworter einschaltete.

»Valentin, hier ist Mama. Ich wollte dich daran erinnern, dass du dich um die Wachteln kümmerst. Marcel kann nicht vor Freitag kommen. Also bitte, denk daran, ja? ... Kommst du klar? Die dreihundert reichen wohl, oder? Sonst ruf an. Mach's gut. Und denk bitte an deine Hausaufgaben. ... ciao, ciao.«

Nette Stimme, ein bisschen sachlich vielleicht. Nur blöd, dass sie die 300 Euro erwähnt hatte. Und was war das mit den Wachteln? Waren das irgendwelche alten Tanten, die Valentin besuchen sollte? Er fixierte den Anrufbeantworter. Dann drückte er die Löschtaste. Ciao, ciao, Mama.

In diesem Moment hörte er ein Geräusch im Wohnzimmer. Sein Blick schnellte zur Pirelli an seinem Handgelenk. Mist, war das etwa schon Valentin, der von der Schule kam? Er zwang sich zur Ruhe. Cool bleiben, Cap. Das Haus war groß genug. Hier konnte man sich wochenlang aus dem Weg gehen. Er würde sich jetzt ins Schlafzimmer der Mutter verkrümeln und es sich dort gemütlich machen. Da würde Valentin bestimmt nicht seine Nase reinstecken.

Unten wurde die Anlage aufgedreht, Klaviermusik wallte durchs Haus. Er ging in das Zimmer am Ende des Flurs, wo er sich auf die schneeweiße Seidendecke legte – nicht ohne sich die Schuhe auszuziehen. Er war ja kein Ferkel. Auf dem Nachttisch fand er eine Schachtel mit Pfefferminzschokolade, aus der er sich bediente, während er auf dem Bett lag und wartete. Aber worauf eigentlich? Wer weiß, wie lange Valentin im Wohnzimmer abhängen würde. Er nahm sich sein iPhone, schaltete es auf stumm und versuchte, Lara zu finden, aber es gab so viele Laras im Netz, dass das keinen Sinn machte. Auch Valentins Facebookseite fand er nicht. Der hatte sich unter irgendeinem Fantasienamen angemeldet, an den Cap sich nicht mehr erinnerte.

Er hielt es nicht länger aus, untätig rumzuliegen und sich einzubilden, dass er die Ruhe selbst war. Er sprang vom Bett, öffnete die Tür, spähte in den Flur und huschte in Valentins Zimmer. Die Facebookseite war noch immer geöffnet. Rudolfo Valentino nannte Valentin sich, warum auch immer. Er las die letzte Meldung, eine erneute Anmache von diesem Puffdaddy. »Fick dich, du Loser!«, tippte er, schickte die Nachricht los und schloss die Seite.

Er musste grinsen. Wenn er jetzt ging, hatte er immerhin ein paar Spuren hinterlassen in dieser Villa. Er nahm den Sekt, den er neben dem PC hatte stehen lassen, und wagte sich langsam die Treppe hinunter. Falls Valentin ihn entdeckte, konnte ihm eigentlich nicht viel passieren. In wenigen Sekunden würde er an der Haustür sein. So what, es würde schon klappen. Hinter dem Mauervorsprung, der den Treppenaufgang umfasste, drückte er sich an die Wand.

Von dort, wo er stand, konnte er den ganzen Raum überblicken. Wo war Valentin? Es dauerte einen Moment, bis er ihn sah. Er saß, mit dem Rücken zur Treppe, an dem glänzenden Flügel und spielte wie ein Wahnsinniger. Cap hielt den Atem an. Das war ja der Hammer! Die Musik kam also gar nicht aus der Anlage, sondern Rudolfo

Valentino war live on stage. Der Typ spielte, als ginge es um sein Leben. Cap hatte nicht die geringste Ahnung von Klaviermusik, aber das hier, das war genial. Es war wild und hart und brachte die Luft im Raum zum Vibrieren.

Er vergaß, warum er hier war. Er kam die letzten Stufen hinunter und starrte zu dem schmalen, blonden Typen hinüber, der auf das Instrument einhämmerte, als wollte er es zerstören. Er schien in seiner eigenen Welt zu leben. Wahrscheinlich würde er nicht einmal mitbekommen, wenn jemand hinter ihm das halbe Wohnzimmer leer räumen würde.

Nach einer Weile beruhigte sich die Musik, wurde langsamer und zielloser. Er ahnte, dass Valentin zum Schluss kommen würde. Er löste sich von der Treppe und schlich sich durch die Garderobe zur Haustür. Während er sie leise hinter sich zuzog, drangen die letzten Akkorde durch die Tür.

Als er kurz darauf in der S-Bahn saß und den Sekt aus der Flasche trank, die Kopfhörer auf den Ohren, machte er sich auf die Suche, im Netz etwas zu finden, was dem da eben gleichkam. Er entdeckte einen Sender mit klassischer Musik, aber das war alles glatt und langweilig, die reinste Fahrstuhlmusik. Nein, er fand nichts, was so wild und wütend war wie Valentins Klavierspiel.

***

Valentin nahm 250 Euro von der Theke, steckte zwei Fünfziger in die Hosentasche und stopfte die anderen drei in die unterste Küchenschublade zu den anderen, die dort hinter einem Stapel Stoffservietten lagen. Was glaubte seine Mutter eigentlich, wie viel Geld er für vier Tage brauchte? Nach der Schule ging er gewöhnlich zu Jim Block, wo er höchstens sechs, sieben Euro für einen Hamburger und eine Cola ausgab, und abends holte er sich eine Pizza aus der Tiefkühltruhe. Den Stoff, den er konsumierte, und neue Klamotten kaufte er gewöhnlich am Anfang des Monats vom Taschengeld.

Er ging hinauf in sein Badezimmer, um sich unter die Dusche zu stellen. Das hatte er am Morgen nicht mehr geschafft, weil sein Vater ihn wegen des Haustürschlüssels genervt hatte. Er hatte ihn gezwungen, sein Zimmer auf den Kopf zu stellen, um das verdammte Ding zu finden. Die ganze Zeit über hatte er mit arroganter Miene im Türrahmen gelehnt und zugesehen, wie sein Sohn auf dem Boden rumkroch, während er ungeduldig mit dem Fuß wippte und eine seiner Predigten zum Besten gab. Er war ein geübter Redner, alle Achtung. Er brauchte keine Minute, um von dem verlorenen Schlüssel zu Valentins ganzem verlorenem Leben zu kommen.

»Such gründlich, Valentin! Gib dir Mühe. Wie willst du jemals Verantwortung für andere übernehmen, wenn du nicht mal dein eigenes Leben im Griff hast? Willst du wirklich bei irgendeinem Hiwi-Job landen, nur weil du zu faul bist, dich um deine Sachen zu kümmern? Was meinst du, wo ich jetzt stünde, wenn ich meinen Job so machen würde?«

Er hatte nicht geantwortet. Es war ihm scheißegal, wo

sein Vater jetzt stehen würde. Aber der hatte natürlich eh keine Antwort erwartet. Er hatte ihm ja auch nicht wirklich eine Frage gestellt, sondern sich einfach nur mal wieder in seiner eigenen Großartigkeit gesuhlt. Er hielt sich für unfehlbar. Und jeder Fehler, der einem anderen unterlief, unterstrich nur seine Perfektion. Da konnte er seinem missratenen Sohn doch eigentlich dankbar sein, oder?

»Du wirst noch an meine Worte denken, wenn du später …«, hatte er angesetzt, aber dann war ihm das Klingeln des Taxifahrers dazwischengekommen und er hatte nur noch Zeit gehabt für ein kurzes »Also, auf Wiedersehen, Valentin, und vergiss bitte die Wachteln nicht«, bevor er die Treppe hinuntergelaufen war.

Er ließ sich das heiße Wasser auf Rücken und Bauch und in den Nacken prasseln. Das war das Beste an diesem Haus – diese Dusche, die man so einstellen konnte, dass sie einen von allen Seiten wie Peitschenhiebe traf. Die Dusche und der Flügel, alles andere konnte ihm gestohlen bleiben. Alles andere brauchte er nicht.

Er stieg aus der Dusche und wischte den Wasserdampf vom Spiegel. Sein Gesicht war rot von der Hitze, seine Augen glänzten fast schwarz. Aus den Haaren rannen ihm die Tropfen wie Schweiß über die Schläfen. Ein Bild stieg in ihm auf, ein Gefühl, eine Erinnerung. So hatte er sich früher im Spiegel gesehen, nach einem Hockeyspiel, wenn er verschwitzt in die Umkleidekabine gelaufen kam, zusammen mit den anderen Jungs. Er hatte gekämpft, gewonnen … oder auch verloren, egal. Er war mit aufgeschürften Knien und pumpenden Lungen vom Platz gekommen, lebendig und stark und mittendrin. Warum hatte er aufgehört zu spielen, als er zwölf, dreizehn Jahre alt war? Es hatte keinen Grund gegeben. Er war einfach nur älter geworden, aber nicht besser, kein wirklicher Fighter. »Dir fehlt die richtige Einstellung, Valentin, du bist kein Siegertyp.« Sein Trainer hatte fast die gleichen Worte benutzt wie sein Vater.

Er sah zu, wie sich die Feuchtigkeit wieder auf den Spiegel legte und sein Gesicht im Dunst verschwand.

Zehn Minuten später saß er am Schreibtisch und öffnete seine Facebookseite. Er überflog die Nachrichten, die er bekommen hatte. Klar, da war nichts Wichtiges dabei. Doch plötzlich stutzte er. »Fick dich, du Loser!«, hatte er geschrieben ... da stand es, schwarz auf weiß. Das war genau die richtige Antwort auf den Mist, mit dem der Schwachkopf ihn beleidigt hatte. Das Dumme war nur, dass er sich nicht im Geringsten daran erinnern konnte, ihm diese Antwort gegeben zu haben.

***

Cap fuhr noch durch die Elbvororte, als seine Mutter anrief, um zu fragen, warum er nach der Schule nicht nach Hause gekommen war.

»Ich sehe dich kaum noch«, sagte sie, und er spürte, dass mehr Sehnsucht als Vorwurf in diesem Satz mitschwang. Sie tat ihm leid, aber so war das Leben nun mal. Sie hatte ihres und er hatte seins, und da gab es wenig gemeinsame Zeit, abgesehen von den Minuten, die sie in der Küche beim Essen zusammensaßen. Er wollte sich kein schlechtes Gewissen machen lassen, weil ihr Leben vor allem aus Arbeit bestand. Sie hatte es doch so gewollt, oder? Sie war doch zu stolz gewesen, seinen Erzeuger dazu zu bringen, für sein Kind zu sorgen. Nein, es war ganz allein ihre Entscheidung. Warum versuchte sie nicht, ein bisschen Spaß zu haben? Sie war noch keine vierzig, verdammt noch mal.

»Sorry, Mam, ich bin gleich da«, sagte er und legte auf. Sie musste ja nicht unbedingt hören, dass er in der Bahn saß.

Auf dem Weg durch die Stadt fiel ihm auf, wie sehr man schon in der Bahn erkannte, in welcher Gegend man unterwegs war. Da brauchte man gar nicht aus dem Fenster zu schauen. Im Westen der Stadt saß er zwischen Typen wie Erik oder Robert und einigen elegant gekleideten Damen, die am Jungfernstieg bummeln wollten. Und auf der Veddel drängte er sich inmitten von müden Leuten aus der Bahn, von denen kein Einziger jemals einen Fuß in die Voigt'sche Villa setzen würde, es sei denn, um dort zu putzen. Niemand, außer ihm …

Bester Laune kam er zu Hause an, wo seine Mutter das Essen für ihn warm machte, einen Eintopf aus Reis, Rindfleisch und Erdnusssoße. Sie setzte sich zu ihm an den Küchentisch.

»Du hattest deine Schultasche gar nicht mit, Cap«, sagte sie und sah ihn fragend an.

»Stimmt«, antwortete er mit vollem Mund, »wir hatten Projekttag.«

»Was für ein Projekt?« Noch immer lag ihr Blick fragend auf ihm. Es war kein unfreundlicher Blick, aber ein prüfender.

»Na ja, ein Schulprojekt.«

»Das habe ich mir gedacht. Und worum ging es?« Ihre Freundlichkeit war geradezu penetrant.

»Mama! Nun löcher mich doch nicht so. Das verstehst du eh nicht.«

»Ich bin nicht dumm! Weißt du das?«

»Na klar weiß ich das.« Er wischte sich den Mund mit dem Handrücken ab und schob seinen Teller zur Seite. »Okay, ich war nicht in der Schule. Die ersten beiden Stunden sind ausgefallen, in der dritten hatten wir Klassenrat, da wird nur gelabert, dann war Sport, da bin ich sowieso der Beste, und nur für eine Stunde Geschichte hätte sich das nun wirklich nicht gelohnt.«

Seine Mutter fuhr sich mit der Hand durch die krausen Haare, die fast so kurz wie seine geschnitten waren. »So geht das nicht, Cap.« Sie seufzte. »Du kannst nicht einfach wegbleiben, wenn du keine Lust hast, zur Schule zu gehen.«

Er beugte sich vor und gab ihr einen Kuss auf die Wange. »Doch, doch, so geht das. Mach dir keine Sorgen, Mam. Es läuft alles bestens.«

Sie war noch nicht bereit, die Sache auf sich beruhen zu lassen. »Und wo warst du stattdessen?«

»Bei einem Freund.«

»Welchem Freund? Die müssen doch vormittags auch alle zur Schule.«

Er stöhnte auf. »Also gut, ich war bei dem Freund, wo ich am Samstag übernachtet habe, Valentin. Der ist achtzehn, er geht nicht mehr zur Schule. Aber er hat ziemlich gute Beziehungen, und das ist viel wert, wenn du weißt, was ich meine.«

Sie schüttelte unwillig den Kopf. »Ich weiß nicht, was du meinst.«

Er lehnte sich zurück und verschränkte die Arme vor der Brust. Er musterte ihr immer noch schönes Gesicht mit der hohen Stirn und den vollen Lippen. Wie sollte er ihr erklären, was er fühlte und dachte? Dass er einfach keine Lust hatte, hier in diesem Viertel zu versauern. Dass er ausprobieren wollte, wie das Leben auch sein konnte.

»Hör zu, Mama«, sagte er eindringlich. »Ich will nicht mein Leben hier auf der Veddel verbringen. Aufstehen, arbeiten, sich kaputtmachen, um dann erledigt vorm Fernseher abzuhängen. Ich will was Besseres daraus machen.«

Sie nickte und legte ihre deutlich dunklere Hand auf seine. »Ja, Gabriel Wisdom Amoah, das weiß ich. Und ich glaube, dass du das schaffen kannst. Aber dafür musst du zur Schule gehen, anstatt nur Sprüche zu klopfen. Das ist im Moment das Wichtigste!«

Unwillig entzog er ihr seine Hand. »Jetzt fängst du schon wieder mit der Schule an. Nur, weil ich einmal nicht hingegangen bin!«

»Wenn es dabei bleibt …«

Er stand auf und war schon auf dem Weg in sein Zimmer. »Klar bleibt es dabei«, sagte er. Aber noch während er die Worte aussprach, wusste er, dass es eine Lüge war. Er würde wieder in das Haus an der Elbchaussee gehen, vielleicht nicht gleich morgen früh, da würde er sich tatsächlich in der Schule blicken lassen, damit sie nicht ausrastete. Aber spätestens am Donnerstag. Er hatte fast so etwas wie Sehnsucht nach diesem Haus.

***

In Laras Leben gab es derzeit wenig, was sie von ihren Gedanken an Valentin abgelenkt hätte. In der neuen Schule war sie immer noch nicht richtig angekommen, alle waren in festen Cliquen verankert und nicht besonders offen für neue Freundschaften. Außer den Mädchen, die sie als Chauffeurin brauchten … Und in der Familie fühlte sie sich nicht mehr wirklich zu Hause, die Zeit war vorbei. Es war fast, als hätte sie mit dem Auszug aus ihrem alten Zimmer ihre Kindheit endgültig hinter sich gelassen. Zu einigen ihrer Freundinnen aus Flensburg hatte sie noch Kontakt über WhatsApp und Facebook, doch das alles berührte sie nicht wirklich. Nicht so wie die Nacht, die sie mit Valentin verbracht hatte.

Sie hatte Valentin Voigt auf Facebook gesucht, ihn aber nicht gefunden. Auch Melanie, die sie auf dem Schulhof nach ihm ausgefragt hatte, hatte keine Ahnung, wie er sich im Netz nannte. Und auch sonst wusste sie nur, dass er mit Erik befreundet war. »Ich hab den Typen leider nicht kennengelernt«, hatte sie gesagt, und damit war für Melli das Thema erledigt gewesen.

Also nichts Neues über Valentin – und auch nichts Neues von ihm ... Drei Tage ließ sie verstreichen, bis sie schließlich am Donnerstagnachmittag seine Nummer wählte.

»Hallo, Valentin«, sagte sie so beiläufig wie möglich, obwohl ihr das Herz bis zum Hals klopfte, »ich bin's. Lara.«

Eine Sekunde schien er zu zögern, doch dann zeigte er deutlich seine Freude über ihren Anruf. »Hey, Lara, wie cool! Wie geht es dir?«

»Ganz gut.«

»Mir auch, mir geht es super ... seit letztem Samstag ... Wo bist du jetzt gerade?« Seine Stimme klang warm und weich und unglaublich verführerisch.

»Ich bin in der Stadt, in der Europa Passage. Und du?«

»Ich ... in der S-Bahn nach Othmarschen.«

Lara suchte nach irgendeiner unverfänglichen Bemerkung. Irgendetwas, das nicht verriet, wie groß ihre Angst war, er könnte sich bedrängt fühlen. »Und sonst so?«, fragte sie schließlich.

»Ich hätte Lust, dich wiederzusehen«, antwortete er, und es klang, als ob er es ernst meinte. »So bald wie möglich.«

Ihr Herz machte einen Sprung. »Ich auch.«

»Es ist nur so ... Wie gesagt, ich bin gerade auf dem Weg nach Othmarschen.«

»Kein Problem. Ich könnte zu dir kommen, wenn du willst.«

Wieder dieses Zögern, das sie nicht einordnen konnte, weil es nicht zu seiner offenkundigen Freude passte.

»Klar will ich. Du kannst gerne kommen. Aber … eigentlich geht es jetzt nicht. Weißt du, mein Vater … Er will irgendetwas mit mir besprechen … etwas Wichtiges.«

»Ach so.«

»Hör mal, ich ruf dich an, wenn ich Zeit habe. Ganz bestimmt, vielleicht schon heute Abend, ja?«

»Okay.«

»Sei nicht sauer. Bitte, Lara. Aber im Moment ist nur gerade einiges anders als sonst … ich rufe dich an, ehrlich. Bis bald.«

Er hatte aufgelegt. Lara betrachtete ihr Handy, als käme da doch noch etwas. Eine Erklärung dafür, dass sie nicht schlau aus diesem Jungen wurde. Ganz mutlos und gekränkt fühlte sie sich, obwohl er sie ja nicht wirklich abgewimmelt hatte. Doch plötzlich wurde sie wütend. Was sollte das heißen: vielleicht schon heute Abend? Er war ja wohl in der Lage zu telefonieren, wenn sie ihm tatsächlich wichtig war! Und dieses »Du kannst gerne kommen, aber eigentlich geht es jetzt nicht.«

Sie war es leid, dass alles in ihrem Leben so unwichtig und vage war. Dass nichts wirklich zählte. Ihre alten Freundinnen meldeten sich immer seltener, ihre neuen Bekannten waren solche Luschen wie Melanie. Das mit Valentin, das sollte nicht so vage bleiben. Noch niemals hatte sie solch eine Nacht erlebt wie die am Samstag. Das musste doch eine Bedeutung haben!

Sie würde noch eine halbe Stunde durch die Passage bummeln und danach würde sie zu ihm fahren. Dann hatte er ja wohl lange genug mit seinem Vater geredet. Und entweder, er freute sich tatsächlich, sie zu sehen, oder das Kapitel war zu Ende. Aber zumindest ihre Kette würde sie dann suchen gehen, ob es ihm passte oder nicht.

Eine Stunde später, auf dem Weg durch die Stadt, fühlte sie sich von Minute zu Minute besser. Sie hatte die Anlage aufgedreht, vom MP3-Player kam Soulmusik. Joss Stone, erst am Mittag hatte sie den Song bei YouTube entdeckt. *I've got a right to be wrong, my mistakes will make me strong ... got a mind of my own ...* Ja genau, sie hatte das Recht, ihr eigenes Leben zu leben, auch wenn sie vielleicht einen Fehler machte.

Sie liebte es, Auto zu fahren, ganz alleine, sich einfach nur auf das Fahren zu konzentrieren. Auf einmal war sie voller Zuversicht. Das mit Valentin, das würde gut werden. Und wenn nicht, dann ging die Welt auch nicht unter.

***

Die Wachteln! Valentin hatte den Anrufbeantworter abgehört. Seine Mutter und sein Vater hatten Nachrichten hinterlassen und jedes Mal war es um die verdammten Hühner gegangen. Sein Vater war knapp wie immer gewesen. »Hallo Valentin, vergiss nicht, an die Wachteln zu denken. Ich hoffe, es ist alles in Ordnung, bis bald.« Seine Mutter hatte immerhin noch ein paar Erklärungen abgegeben. »Marcel hat mich angerufen. Es kann sein, dass er morgen nicht kommt. Der Rasen muss nicht unbedingt gemäht werden, aber er wollte den Stall ausmisten. Hast du den Käfig regelmäßig versetzt und Wasser nachgefüllt?

Frau Bonasera kommt auch erst nächste Woche. Aber du allein wirst ja eh nicht viel im Haus schmutzig machen. Hoffe ich doch!« Sie hatte gelacht und ihm noch ein paar schöne Tage gewünscht.

Mit schlechtem Gewissen ging er in den seitlichen Teil des Gartens, dorthin, wo der Stall der Wachteln stand. Er hasste diese albernen kleinen Hühner. Was für ein absurdes Hobby hatten sich seine Eltern da ausgesucht, nur weil seine Mutter, die auf dem Land aufgewachsen war, einen Hühnerstall romantisch fand. Am Wochenende zog sie ihre ausrangierten Jeans an und mistete den Stall aus wie eine Bäuerin. Seinen Vater hatte sie mit dem Argument überzeugt, dass die Eier besser für seinen Cholesterinspiegel waren als normale Hühnereier. Wenn sie zu Hause waren, kümmerten sie sich beide um die Viecher, und natürlich hatte sein Vater den Ehrgeiz, irgendeinen Züchterpreis abzugreifen. Die Hühner waren ihr einziges gemeinsames Hobby, abgesehen von ihren »gesellschaftlichen Verpflichtungen«, wie sein Vater das gerne nannte.

Schon von Weitem erkannte er, dass das Trinkgefäß und der Napf der Vögel leer waren. Der Rasen, auf dem der Außenkäfig stand, sah ziemlich gerupft aus. Okay, die Vögel hatten Hunger und Durst, aber sie waren immerhin noch am Leben. Er schaute eine Weile dem aufgeregten Hin- und her-Gerenne der Wachteln zu, dann ging er in den Stall, holte Trockenfutter und Wasser und stellte es in den Käfig. Erst jetzt sah er, dass eines der Tierchen die tagelange Dürre wohl doch nicht überlebt hatte. Es lag hinter einem Bündel getrockneter Zweige, die sein Vater als Unterschlupf in einer Ecke des Käfigs aufgehäuft hatte. Er drehte das schlaffe, graubraune Wesen mit einem Zweig hin und her, dann schob er es weiter in den Reisighaufen hinein. Na, da würde seine Mutter aber jammern.

Er ging zur Terrasse zurück. Beim Pool blieb er stehen und überlegte, ob er hineinspringen sollte. Doch er war noch locker mit ein paar Freunden bei Jim Block verabredet und wollte demnächst los. Er rieb sich mit den Fingern die Schläfen, hinter denen ein feiner Kopfschmerz pochte, und stutzte. War da nicht jemand an seinem Zimmerfenster gewesen? Da hatte sich doch etwas bewegt. War das vielleicht doch Frau Bonasera? Aber die wollte doch diese Woche nicht kommen ... Er ging ins Wohnzimmer und rief zur Treppe hinauf. »Frau Bonasera? Hallo ... Marcel?«

Eine Weile stand er im Wohnzimmer und lauschte nach oben. Ihm war nicht wohl zumute, fast so wie früher, wenn seine Eltern unterwegs waren und er in dem großen Haus zurückgeblieben war, zu alt für einen Babysitter und zu jung, um es zu genießen, den ganzen Abend alleine zu sein. Er war immer ängstlich gewesen und hatte mit dem Ins-Bett-Gehen gewartet, bis seine Eltern nach Hause gekommen waren. Erst wenn er ihre Stimmen im Bad gehört hatte, war er eingeschlafen.

Es war nichts zu hören, natürlich nicht. Er hatte sich nur eingebildet, dass da jemand im Haus war, oder nicht?

***

Cap war unachtsam gewesen, als er sich ans Fenster gestellt hatte. Als er hörte, wie die Haustür zuklappte, wechselte er ins Musikzimmer hinüber und sah aus sicherer Entfernung zum Fenster hinaus. Valentin ging durch den Vorgarten und dann mit schnellen Schritten die Straße hinunter.

Die Nachricht von Valentins Mutter auf dem Anrufbeantworter hatte Cap wunderbar gepasst. Jetzt, wo Valentin gegangen war, würde niemand mehr im Haus sein und er konnte in aller Ruhe durch die Villa streifen, in Valentins Dateien herumschnuppern und vielleicht sogar im Pool schwimmen. Doch da fiel sein Blick auf das Mädchen, das gerade auf der anderen Straßenseite an Valentin vorbeiging. Es war Lara! Sie sah fantastisch aus, mit ihren langen Beinen in der engen Jeans und den wehenden braunen Haaren. Die Erinnerung an die Stunden, die sie Samstagnacht miteinander verbracht hatten, ließ sein Blut schneller fließen. Was sollte er tun? Er hatte nicht damit gerechnet, dass sie hier an der Elbchaussee auftauchte. Aber jetzt konnte er sich doch unmöglich tot stellen und die Tür nicht aufmachen.

Nur drei, vier Sekunden stand er planlos da, dann hatte er die Situation wieder im Griff. Er lief in Valentins Zimmer, schüttelte die Bettdecke auf, riss das Foto von dem blonden, hockeyspielenden Valentin von der Pinnwand und ließ es hinterm Schreibtisch verschwinden. Prüfend schaute er sich noch einmal um. Klar, das könnte genauso gut sein Zimmer sein, die blauen Ledersessel hätte er sich auch ausgesucht. Das war sein Zimmer! Und dort unten an der Tür klingelte gerade seine Freundin! Bevor er nach unten lief, um Lara reinzulassen, machte er das große, bis zum Boden gehende Fenster auf. Valentins Mief hing immer noch im Raum, das war das Einzige, was noch störte.

***

Lara hatte erwartet, dass Valentin sie kühl und distanziert empfangen würde. Doch er riss die schwere Eingangstür geradezu stürmisch auf, umarmte sie und ließ sie eintreten.

»Hallo, Lara, gerade wollte ich dich anrufen … komm rein, willst du was trinken? Wie hast du das denn so schnell geschafft?« Richtig aufgedreht wirkte er.

Er spielte den perfekten Gastgeber, hing ihre Jacke an die Garderobe, bot ihr etwas zu trinken an. Mit einem Glas Cola in der Hand folgte sie ihm von der Küchenecke durch das riesige Zimmer und er zeigte ihr den ganzen Raum. Den Flügel, den Kamin, den Glasboden, von dem aus man den Weinkeller sehen konnte. Vor der Fensterfront zur Terrasse blieben sie stehen.

»Und das ist der Garten mit dem Pool. Aber den kennst du ja schon.«

»Ja, klar. Und dahinten ist das Gästezimmer. Das kenne ich auch ziemlich gut …« Sie grinste. Puh, war sie erleichtert, dass er sich so freute, sie zu sehen. Und wie entzückend er war, so voller naivem Stolz auf sein Zuhause. Nie im Leben würde sie jemanden so durch das Erdgeschoss ihres Elternhauses führen, obwohl dort alles nagelneu war. Aber das hier war ja auch kein Reihenhaus in Barsbüttel.

Sie schlenderte zum Kamin zurück und nahm eins der Fotos in die Hand, das dort in einem silbernen Rahmen platziert war. Es zeigte einen blonden Jungen, der stolz eine metergroße Schultüte im Arm hielt.

»Wer ist das?«, fragte sie und drehte sich zu Cap um.

Er kam näher und warf einen Blick auf das Bild. »Das Foto, meinst du? Ach das … das … okay … das ist mein Stiefbruder. Also der Sohn von meiner Stiefmutter. Die war schon mal verheiratet.«

»Du hast einen Stiefbruder? Und wie alt ist er jetzt?«

»Weiß nicht … zwanzig. Ist doch egal … Der ist längst ausgezogen. Er ist selten hier.« Geradezu hastig nahm er ihr das Bild aus der Hand und legte es umgedreht neben das Hochzeitsfoto, auf dem seine Eltern in die Kamera strahlten. Daneben stand ein Foto von seiner Mutter mit einem blonden Baby auf dem Arm. Für eine Sekunde starrte er die Bilder an, als sähe er sie zum ersten Mal. »Eine glückliche Familie, oder?«, murmelte er. Seine Miene veränderte sich, als ob ihm jemand eine Maske vom Gesicht gezogen hätte. Düster sah er aus, fast böse.

Sie registrierte, wie seine Kiefermuskeln arbeiteten. Was war los? Sicher war er eifersüchtig auf diesen blonden Typen, oder? Es war ja auch merkwürdig, dass die Eltern nur Fotos von seinem Bruder aufgestellt hatten und kein einziges, auf dem er zu sehen war. Nein, es war nicht nur merkwürdig, es war ungerecht und kränkend. Sie selbst hatte als Kind genau abgezählt, wie viele Bilder von ihr und wie viele von Leonie auf der Fotowand im Wohnzimmer klebten. Mitgefühl durchströmte sie. Mitleid mit diesem Jungen, der sich in seinem tollen, reichen Zuhause wohl nicht geborgen fühlte. Und das war es doch, wofür eine Familie da war, egal, wie nervig sie auch sein konnte.

Sanft berührte sie ihn an der Schulter. »Sind deine Eltern zu Hause?«, fragte sie. »Hast du mit deinem Vater gesprochen?«

»Mit meinem Vater?« Valentins Miene wurde noch eine Spur finsterer. »Ach so, ja, alles klar. Aber jetzt ist er nicht mehr da«, sagte er und atmete tief durch. Plötzlich war er wieder charmant und gut gelaunt. »Wir sind ganz allein im Haus ...« Er grinste zweideutig, legte ihr den Arm um die Schulter und dirigierte sie Richtung Treppe. »Willst du mein Zimmer sehen?«, fragte er, die Lippen dicht an ihrem Ohr. »Es ist ein Stockwerk höher. Komm.«

Sie nickte stumm, ihre Kehle war auf einmal trocken. Sie wollte noch viel mehr, das war ihr in diesem Moment deutlich bewusst. Sie konnte es kaum erwarten, ihn zu küssen, ihn zu berühren. Sie folgte ihm die Treppe hinauf und hatte gerade noch so viel Verstand, ihn diesmal nach Kondomen zu fragen. Als sie miteinander schliefen, war es aufregend und wunderschön, fast noch schöner als am Samstag, wo sie beide betrunken gewesen waren. Das Gefühl, dass der Junge, der sie umarmte, mit seiner Aufmerksamkeit nicht wirklich bei ihr war, verbannte sie in die hinterste Ecke ihres Bewusstseins.

***

Als Valentin am späten Abend nach Hause kam und sich einen Eistee aus dem Kühlschrank holte, bemerkte er nicht, dass zu dem schmutzigen Geschirr neben der Spüle noch zwei Gläser dazugekommen waren. Doch als er in sein Zimmer ging, spürte er einen fremden Geruch. Er nahm ihn nicht wirklich wahr, aber er drang in sein Unterbewusstes und hinterließ dort eine Spur der Verunsicherung. Vielleicht war das der Grund, warum er sich einen Joint anzündete, dessen Rauch die Geister vertreiben sollte. Er drehte seine Musikanlage auf und stellte gleichzeitig den Fernseher an, legte sich aufs Bett und versuchte, die Unruhe, die ihn gepackt hatte, zu ignorieren.

Langsam breitete sich das vertraute Schwindelgefühl des Cannabis in ihm aus und seine Muskeln entspannten sich. Doch der Geruch nach Parfüm und Sex, der ihn umgab, wurde nur noch stärker und allgegenwärtiger. Er schien in jede seiner Poren einzudringen, von seinem Körper Besitz zu ergreifen und sein Hirn zu dominieren. Als er einschlief, träumte er von einem Mädchen, das sich auf ihn legte und sich an ihm rieb. Wie gut das war, wie erregend. Doch die Frau wurde immer mächtiger, immer schwerer und schwerer, sie machte ihm Angst und er wollte sie wegschieben. Er schaffte es nicht, er lag wehrlos da, bis sie ihn schließlich erdrückte.

***

Cap wachte vom Rattern eines Rasenmähers auf, etwas, das nicht zu den Geräuschen eines Freitagmorgens auf der

Veddel gehörte. Er blinzelte ins gestreifte Dämmerlicht, registrierte, wo er war, und setzte sich auf. Ein Blick auf sein Handy zeigte ihm, dass es schon später Vormittag war. Wow, da hatte er aber lange geschlafen.

Nachdem Lara am Abend gegangen war, hatte er sich angezogen, das Laken glatt gestrichen und sich unten in der Küche ein Glas Eistee eingeschenkt. Er hatte nicht nach Hause gewollt, den langen Weg mit der S-Bahn und dann die hässliche Harburger Chaussee entlang, an der die Lkws vorbeidonnerten, zurück in sein normales Leben, in die enge Wohnung, wo seine Mutter ihn löcherte, ob er auch in der Schule gewesen war. Er hatte einfach keine Lust dazu gehabt. Dieses Haus war genial; er genoss es, hier zu sein – genauso wie die leichte Anspannung, unter der er hier ständig stand, den Adrenalinkick, wenn er ein Geräusch hörte, das er nicht einordnen konnte. Nein, er hatte nicht die geringste Lust gehabt, auf die Veddel zu fahren. Und so war er auf die Idee gekommen, sich ins Gästezimmer zu verkrümeln, in das allerletzte Zimmer am Ende des Gangs. Vom Bett aus, in dem er mit Lara zusammen gewesen war, rief er seine Mutter an, um zu sagen, dass er die Nacht bei einem Freund verbringen würde. Und noch während er mit ihr gesprochen hatte, war im Wohnzimmer das Licht angegangen. Valentin war zurück gewesen. Er hatte seine Silhouette hinter der Glasfront des Wohnzimmers gesehen.

Jetzt stand Cap am Fenster und versuchte, die Szene einzuordnen, die er durch einen Spalt der Jalousie beobachten konnte. Der Typ, der am Sonntag den Garten aufgeräumt hatte, saß auf einem Rasenmäher und tuckerte zwischen den Bäumen und Büschen herum. Das musste Marcel sein, dieser Gärtner. Er war also doch gekommen. Aber um die Gästezimmer würde er sich ja bestimmt nicht kümmern, oder? Und auf der Terrasse saß eine Frau in einem weißen Kleid. Die Entfernung war zu groß, um sie wirklich erkennen zu können. War das Valentins Mutter? Wie die Putzfrau sah die Dame jedenfalls nicht aus.

Eine Weile behielt er den Garten im Auge, dann hielt er es nicht mehr aus. Er hatte Hunger und er wollte raus. Allerdings nicht nach Hause und schon gar nicht zur Schule, für die war es sowieso zu spät. Ohne allzu große Skrupel wählte er die Nummer des Schulsekretariats, um sich wegen einer üblen Magen-Darm-Geschichte zu entschuldigen. Es war nicht das erste Mal, dass er sich für seine Mutter ausgab, und er bekam es ganz gut hin, ihre weiche Stimme zu imitieren, die stets die Konsonanten zu verschlucken schien.

Für eine halbe Minute legte er sich aufs Bett, nahm sein Smartphone, checkte seine Nachrichten, sprang wieder auf. Er brachte es nicht mehr fertig, entspannt abzuhängen, der Gärtner da draußen und Valentins Mutter machten ihn eindeutig nervös. Doch im Moment blieb ihm wohl nichts anderes übrig, als abzuwarten. Andererseits … wenn die Mutter auf der Terrasse war, konnte sie nicht gleichzeitig im Haus sein … Entschlossen öffnete er die Tür zum Gang und ging zum Haupthaus hinüber. Alles schien ruhig zu sein.

Vom Wohnzimmer aus konnte er die blonde Frau sehen,

die mit dem Rücken zum Haus in einem Gartenstuhl saß, Kaffee trank und Zeitung las. Sie sah ganz gut aus, aber ihr Mund war schmal und sie war eindeutig zu mager. Seine eigene Mutter gefiel ihm besser. Er stand nicht auf die ganz Dünnen. Auch Lara war nicht so eine Magere, bei der man Angst haben musste, sie zu zerbrechen, wenn man sie in die Arme nahm.

Die Frau faltete die Zeitung zusammen, vielleicht kam sie jetzt ins Haus. Er sollte lieber abhauen. Doch in diesem Moment hörte er, wie die Haustür aufgeschlossen wurde. Er schaffte es gerade noch, nach oben zu sprinten. Auf dem Flur blieb er stehen und lauschte. War das Valentin, der da gekommen war? Ging er in sein Zimmer?

Er schlich sich ins Schlafzimmer der Mutter und hörte jetzt, dass sich auf der Terrasse jemand unterhielt. Ein schneller Blick hinter dem Vorhang hervor zeigte ihm, dass er richtig vermutet hatte: Valentin und seine Mutter saßen am Tisch und redeten miteinander. Obwohl – eigentlich war es mehr ein Streit; Valentins Mutter wurde mit jedem Wort lauter.

»Was heißt, du hast dich um die Wachteln gekümmert? Dann würden sie jetzt noch leben!«

»Tun sie ja auch.« Das war Valentin, der sich trotzig und beleidigt wie ein Kind anhörte.

»Tun sie nicht! Eine ist tot. Und sie ist sicher nicht an Altersschwäche gestorben! Und die anderen sehen auch nicht gut aus. Mein Gott, Valentin, wieso kann man sich nicht auf dich verlassen? Dir scheint alles egal zu sein.«

»Was meckerst du mich denn an? Kümmer dich doch selbst um die Viecher.«

Jetzt schnappte ihre Stimme fast über. »Wie redest du eigentlich mit mir? Ich arbeite hart, etwas, was man von dir ganz bestimmt nicht behaupten kann! Dein Vater kommt heute Nachmittag nach Hause. Der ist in letzter Zeit auch sehr unzufrieden mit dir. Deine Unzuverlässigkeit, dein mangelnder Einsatz für die Schule, deine ganze Haltung zum Leben. Es hat ihn ziemlich aufgeregt, dass du den Schlüssel verloren hast.«

»Ich werde ihn schon noch finden.«

»Das hoffe ich.«

Cap konnte die Spannung da unten geradezu spüren. Eine Weile war es still, bis Valentin offenbar seinen Stuhl mit einem Ruck zurückschob. »Okay, Mama … Ich dreh mal 'ne Runde im Pool, ich hab Kopfschmerzen«, sagte er.

»Kopfschmerzen? Dann solltest du vielleicht nicht stundenlang Computerspiele machen.«

»Wie kommst du denn darauf?« Jetzt klang Valentin hörbar genervt.

Cap sah zum Garten hinaus. Valentin sprang in Boxershorts mit einem Köpper in den Pool und begann wie wild zu kraulen, hin und her.

Er schaute sich im Zimmer um. Offenbar war Valentins Mutter gestern Abend noch nach Hause gekommen. Das Bett war benutzt, daneben stand ein offener Koffer voller Wäsche. Zwischen den Sachen guckte ein Kästchen mit Schmuck hervor. Wahllos nahm er einen der Ringe heraus, einen dünnen silbernen mit einem hellen Steinchen, und steckte ihn sich in die Hosentasche. Das hatte sie verdient, oder nicht? So hart und hässlich, wie sie war. Ein Blick aus dem Fenster zeigte ihm, dass sie nicht mehr auf der Terrasse saß. Vielleicht war sie im Garten bei ihren geliebten Hühnern. Oder etwa auf dem Weg zu ihrem Zimmer? Von der wollte er sich ganz bestimmt nicht erwischen lassen. Die würde ihn wahrscheinlich erst erschießen und dann fragen, was er hier zu suchen hatte.

Er huschte in Valentins Zimmer. Obwohl das Fenster einen Spalt auf war, nahm er den schwachen würzigen Geruch war, der im Raum hing. Klar, Valentin hatte am Morgen geraucht, bevor er zur Schule gegangen war. Eine Minute beobachtete er, wie Valentin seine kurzen Bahnen zog, wobei er nach wenigen Zügen mit einer geschickten Unterwasserwende kehrtmachte. Auch seine Mutter war jetzt zu sehen, die offenbar begonnen hatte, mit einer Schere an den Rosenbüschen herumzuschnibbeln.

Neugierig setzte er sich an den Schreibtisch. Wo mochte Valentin sein Gras verstecken? Sein Herz klopfte vor Nervosität, obwohl er das Platschen des Wassers draußen hörte und sicher mitbekommen würde, wenn Valentin nicht mehr im Pool war. Er zog eine Schublade nach der andern auf, aber außer einer Tafel Schokolade, von der er sich ein Stück abbrach, war nichts zu finden. Aber immerhin war der Computer an. Wie praktisch, dass Valentin zu bequem war, ihn auszuschalten. Ob der auch von seiner Mutter zu hören bekam, er würde Strom verschwenden? Er öffnete Valentins Facebookseite und sah sich die letzten Nachrichten an, die er verschickt hatte. Es waren Fotos, die er wohl in der Schule aufgenommen hatte. Auf jedem waren Leute ohne Kopf zu sehen. Er hatte jedes Mal den Bildausschnitt so gewählt, dass der Kopf oben abgeschnitten war. Seltsamer Typ, irgendwie war der ziemlich schräg drauf …

Nein, wenn man ihn fragen würde – er hätte keine Lust, mit Valentin zu tauschen. Klar, das Leben hier in Othmarschen, das würde er sofort nehmen, anstatt auf der Veddel zu wohnen. Aber wenn er dafür so ein Freak wie dieser Valentin sein müsste, der sich schon vor der Schule zudröhnte. Sogar seine eigene Party hatte der verpennt. Hey, wie wäre es, wenn er dem guten Valentin noch eine Party bescherte? Eine echte Überraschungsparty! Vielleicht nicht ganz so perfekt vorbereitet, aber dafür spontan … Er musste kichern: Da würde die Kneifzange aber hysterisch werden, wenn an diesem Wochenende schon wieder eine Horde Leute in ihren Garten einfiel.

Ein Blick auf Valentins Freunde-Liste zeigte ihm, dass der gerade mal mit sechzig Leuten befreundet war. Sechzig Freunde war ja absolut nichts … Das war wirklich ein Nerd, dieser Typ. Hoffentlich kam überhaupt jemand … Mit einem breiten Grinsen auf dem Gesicht erstellte er für Samstagabend eine Veranstaltung und schickte die Einladungen ab. Na dann viel Spaß, Valentin!

Als das Plätschern draußen verstummte, schloss er die Seite und schaute hoch. Valentin saß jetzt am Beckenrand und seine Mutter stand vor ihm. Selbst von Weitem war zu erkennen, dass sie es offenbar wichtig hatte, so wie sie dastand, mit den Fäusten in den Seiten. Er kannte diese Haltung von seiner eigenen Mutter, aber so ein bissiges Gesicht machte die zum Glück nie.

Er wagte sich näher ans Fenster, um zu hören, worum es ging.

»Du solltest mitkommen, Valentin. Dein Vater und ich schätzen die Hartmanns sehr. Sie haben auch einen Sohn in deinem Alter, ein Jahr jünger vielleicht … Das sind genau die Leute, die du kennen solltest.«

Valentin schüttelte den Kopf. »In München? Was soll ich denn da? Ich hab sowieso keine Zeit. Ich bin das ganze Wochenende mit Erik unterwegs.«

»Um Tag und Nacht Ballerspiele zu machen? Natürlich.«

»Was weißt du denn? Wir machen 'ne Tour mit dem Boot, wir nehmen nicht mal Handys mit! Und außerdem kann es dir eh egal sein, was wir machen.«

»Das ist mir aber nicht egal, Valentin. Du bist noch keine achtzehn. Ich möchte, dass du deine Zeit mit sinnvollen Tätigkeiten füllst. Mein Gott, Valentin, dir stehen alle Türen offen, wenn du nur willst!«

Cap sah, wie Valentins Miene noch düsterer wurde. Er wusste, was in ihm vorging. *Benutz deinen Kopf, Cap, streng dich mehr an. Du könntest es weit bringen, Cap. Du könntest …*

»Eriks Familie gehört doch auch zu den Leuten, die man kennen sollte, oder nicht?« Der Hohn in Valentins Stimme war nicht zu überhören.

Seine Mutter ließ die Arme sinken. »Mach, was du willst,

Valentin«, sagte sie. Dann nahm sie wieder ihre Gartenschere und ging zu den Rosen hinüber, die an der Terrassenseite an einem Gitter hochrankten.

Cap hob den Daumen. Eins zu null für Valentin. Nur schade, dass er seine eigene Party verpasste, wenn er mit diesem Erik unterwegs war. Aber das war sein Problem; die Nachricht war abgeschickt. Er jedenfalls musste jetzt erst mal zusehen, dass er aus dem Haus kam, solange Valentin und seine Mutter noch im Garten waren.

***

Valentin lief den Elbstrand entlang, die Fäuste in den Hosentaschen geballt, die Kopfhörer so scheppernd laut, dass ihn die entgegenkommenden Spaziergänger musterten. Aber das nahm er genauso wenig wahr wie den Sand, der in seinen offenen Turnschuhen scheuerte. Sein Blick war nach unten gerichtet, auf die eigenen Füße und auf die Beine der Leute, die ihm auswichen.

Als er am Mühlenberger Ufer ankam, hielt er nach Erik Ausschau. Der Jachthafen war überschaubar und er entdeckte das mahagonifarbene Segelboot auf Anhieb.

Erik winkte ihm zu. »Hast du keinen Schlafsack dabei?«, rief er.

»Nee, vergessen …« Mit einem Satz sprang Valentin auf das Boot, das bedenklich schwankte. »Ist doch warm genug mit der Lederjacke.«

»Klar. Hauptsache, das Bier reicht bis morgen Abend.« Erik grinste. Dann stieß er das Boot vom Anleger ab, brachte ein wenig Wind in die Segel und die Fahrt konnte losgehen.

Valentin setzte sich ans Ruder im Heck und ließ eine Hand ins Wasser gleiten. Mann, das war wirklich eine geniale Idee von Erik gewesen. Sie würden zu den Elbinseln rüberfahren, irgendwo anlanden, Holz sammeln, ein Lagerfeuer machen, Bier trinken, Würstchen grillen, kiffen, einfach nichts tun, niemanden hören, niemanden sehen. Das iPhone hatte er zwar dabei, aber er hatte es ausgemacht, dann konnte ihn auch niemand nerven. Am liebsten würde er noch viel weiter fahren, bis zur Nordsee runter, immer weiter. Einfach nicht mehr nach Hause kommen, nicht nur dieses Wochenende, sondern gar nicht mehr. Und seine Eltern würden wahrscheinlich nicht einmal merken, dass er weg war. Erst wenn wieder eine dieser bescheuerten Wachteln aus den Stiefeln kippte, würden sie nach ihm suchen. *Valentin, du hast dich nicht gekümmert. Valentin, du bist zu nichts zu gebrauchen.* Er hasste diese Viecher. Er hasste das Haus, und es war ihm völlig egal, ob der verdammte Schlüssel wieder auftauchte oder nicht.

Er drehte das Boot so in den Wind, dass die Segel knatterten. »Mal sehen, wer stärker ist«, schrie er und steuerte mit voller Fahrt auf ein Containerschiff zu. Ein durchdringendes Warnsignal kam von der Brücke und er konnte das wütende Gesicht des Kapitäns erkennen. Erik ließ in letzter Sekunde das Segel los, sodass sie schlagartig an Fahrt verloren und an der Schiffswand entlangglitten. Schlingernd tanzte das Boot auf dem Wasser, in das der

Ozeanriese meterhohe Wellen gefurcht hatte. Valentin lachte schrill. Das hier, das war besser als jedes Computerspiel. Seine Mutter hatte doch keine Ahnung. Was wusste die schon von ihm und seinem Leben?

***

An diesem Freitagmittag kam Lara zum ersten Mal, seitdem sie in Barsbüttel wohnte, bester Laune von der Schule nach Hause. Sie alberte mit Leonie herum, sie bereitete eine leckere Lasagne zu, sodass sich ihre Mutter an den gedeckten Tisch setzen konnte, als sie von der Arbeit kam, und beim Essen redete sie fast genauso viel wie ihre kleine Schwester. Am liebsten hätte sie ihrer Mutter und Leonie und der ganzen Welt von Valentin erzählt. Von seinem Lächeln, seinem unglaublichen Charme, seiner Stimme, die so weich und warm war, von seiner schimmernden braunen Haut, seinen Berührungen, von dem wunderschönen Haus, in dem er wohnte, von allem …

»Was ist denn mit dir los, Lara?« Ihre Mutter sah sie lächelnd an. »Sag bloß, du bist verliebt?«

Auch Lara lächelte, obwohl sie solche Fragen eigentlich hasste. Sie musste einfach lächeln, es ging gar nicht anders. Aber sie sagte kein Wort von Valentin, sie behielt ihre Gefühle für sich. Sie waren noch viel zu zerbrechlich, um zerredet zu werden. Vor allem von ihrer Mutter, die bei jedem Jungen, den sie erwähnte, immer gleich danach fragte, ob er aufs Gymnasium ging und was denn seine Eltern beruflich machten. Ihr würde es bestimmt imponieren, dass ihre Tochter jemanden von der Elbchaussee kennengelernt hatte.

»Bist du wirklich verliebt?«, bohrte Leonie nach.

»Quatsch«, murmelte sie und wurde rot. Und dann erzählte sie irgendetwas Harmloses aus der Schule, von ihrer anstrengenden Chemielehrerin und dem Halbmarathon, zu dem sie sich angemeldet hatte, und davon, dass sie sich ja vielleicht doch noch an ihre neue Klasse gewöhnen würde.

Leonie wollte nach dem Essen mit ihr Karten spielen, aber Lara wimmelte sie ab und zog sich auf ihr Zimmer zurück, um allein zu sein. Sie warf sich aufs Bett und träumte vor sich hin. Wochenende! Nichts für die Schule tun – oder zumindest fast nichts, ein bisschen bei Petersen jobben, ausschlafen, eine Runde laufen, mal schauen, was sonst noch so passierte. Sie hatte keine Verabredung mit Valentin getroffen, denn am Abend musste sie sowieso zu Hause bleiben. Ihre Eltern hatten Karten fürs Theater und sie sollte auf Leonie aufpassen. Aber am nächsten Tag, da würde sie ihn doch sicher sehen, oder?

***

Es war Samstagmittag. Cap hatte mit seiner Mutter an dem runden Holztisch in der Küche gesessen und ausgiebig gefrühstückt, etwas, auf das sie Wert legte. Sie schmiss ihn aus dem Bett, selbst wenn er erst bei Sonnenaufgang nach Hause gekommen war. Sie erzählte von der Verwandtschaft in Ghana, dem neuesten Tratsch aus dem Haus und dass es ihr gelungen war, einen Job an Land zu ziehen, wo sie nicht mehr putzen musste, sondern in der Oper an der Garderobe stand. »Geld fürs Rumstehen … Es geht langsam bergauf«, sagte sie und strahlte dabei eine solche Zuversicht aus, dass Cap sie spontan umarmte und sein Gesicht in ihren Haaren vergrub. Er fühlte sich ihr überlegen, ein Gefühl, das neu und beschämend war.

Als sie von ihm wissen wollte, wie seine Woche gewesen war, bot er ihr eine Version, von der er glaubte, dass sie damit gut leben konnte. Er wollte ihr keinen Kummer bereiten, er liebte sie. Aber sie machte sich nun mal um alles Sorgen, was ihn betraf, da war es besser, nicht zu sehr an der Wahrheit zu kleben.

Gegen zwei wurde er unruhig, er wollte los.

»Ich bin verabredet, Mam«, sagte er, stand auf, stellte seinen Kaffeebecher neben die Spülmaschine und gab ihr einen Kuss. »Ich treffe mich mit Freunden, wo ich auch schlafen werde.«

»Wo denn?«, hakte sie nach.

»An der Elbe.«

»Wollt ihr zelten?«

»Nein, ein Freund von mir wohnt an der Elbchaussee. Da, wo ich neulich auf der Party war.«

»Und wer ist das?«

»Kennst du nicht, Mama.«

Sie kräuselte spöttisch die Lippen. »So, so, mein Sohn geht auf Partys an der Elbchaussee. Ist Dennis auch dabei?«

»Vielleicht. Weiß nicht genau …«

Während er das Geschirr einräumte, spürte er ihren prüfenden Blick. Er hasste es, wenn sie ihn so löcherte. Er hatte ja selbst noch keinen genauen Plan, wie der Tag laufen würde. Sollte er zur Elbchaussee fahren, wo lauter Leute eintrudeln würden, um zu Valentins Party zu gehen, die gar nicht stattfinden würde? Oder sollte er sich lieber mit Lara treffen? Er hatte nicht allzu oft an sie gedacht, seit sie am Donnerstagabend miteinander geschlafen hatten; es war einfach zu viel los gewesen. Aber wenn er an sie dachte, dann durchrieselte ihn ein ziemlich gutes Gefühl.

Nun, eins war klar: Er konnte nicht mit Lara zusammen an der Elbchaussee auftauchen. Da würde es ja vor Leuten nur so wimmeln, die mit Valentin befreundet waren. Dem echten Valentin …

»Na, dann viel Spaß bei deiner Party«, sagte seine Mutter.

Plötzlich musste er grinsen. Sie hatte es auf den Punkt gebracht. Na klar, das würde *seine* Party werden. Heute Abend würde das Haus ihm gehören, mit Pool und Garten und allem Drum und Dran. Er hatte ja einen Schlüssel; er konnte die Leute doch reinlassen, und dann würde er eben ein bisschen Spaß haben und nicht Valentin. Es war doch eigentlich super, dass die ganze Familie ausgeflogen war. Nur schade, dass Lara nicht dabei sein konnte.

Wie aufs Stichwort meldete sich sein Handy mit einer SMS von ihr. *Schon was vor heute?* Er seufzte. Dennis hatte neulich mal gesagt, mit Mädchen würde alles nur komplizierter … Er suchte nach einer Antwort, einer, die ihm aus der Klemme half. Er wollte sie nicht kränken. Klar war er ein bisschen verknallt in sie und sie hatten großartigen Sex gehabt. Aber heute ging es eben nicht … Er konnte doch noch so viele Tage und Nächte mit ihr verbringen …

»Na, Probleme?« Seine Mutter schaute ihn fragend an.

Er steckte sein iPhone ein, ohne eine SMS geschrieben zu haben. »Alles bestens, Mama«, sagte er. »Ich muss los. Bis morgen dann.«

Bevor sie ihm mit weiteren Fragen kam, war er auch schon zur Tür hinaus und rannte die Stufen hinunter. Er hatte den zugemüllten Eingangsbereich kaum hinter sich gelassen, da hatte er seine Mutter und Lara und sein schlechtes Gewissen ihnen gegenüber schon vergessen.

Eine Stunde später war er an der Elbchaussee. Ein paar Mal ging er an der Villa vorbei, dann drückte er auf die Klingel und trommelte ungeduldig mit den Fingern gegen das Messingschild. Wie erwartet: Niemand öffnete, die Bahn war frei. Jetzt konnte er in Ruhe alles für den Abend vorbereiten.

***

Valentin und Erik waren betrunken und mit Sonnenbrand von ihrer Segeltour zurückgekehrt. Erik hatte vorgehabt, schnell zu duschen und dann auf eine private LAN-Party zu gehen. Aber dann hatte er Krach mit seinem Vater bekommen, weil der ihn dabei erwischte, wie er ihm einen Schein aus der Brieftasche ziehen wollte.

»Hausarrest!«, stöhnte Erik und knallte seine Zimmertür hinter sich zu. »Am Samstagabend ... Wegen lächerlichen zehn Euro. Als ob die ihm wehtun würden. Dann musst du eben ohne mich gehen, Valli.«

Valentin zuckte die Schultern. Er war eh von dieser LAN-Party nicht so begeistert gewesen. Counter-Strike ... das Geballere war doch langweilig. Wenn er ehrlich war, machte er vor allem deshalb mit, weil seine Eltern solche Spiele verachteten. Er war zu unentschlossen und zu müde, um sich einen neuen Plan für den Abend auszudenken. Und so hockten sie nun vor dem Computer und tranken die zwei Flaschen Bier, die Eriks Mutter ihnen genehmigt hatte, sowie den Wodka, den Erik heimlich hinter seinem Bett vorrätig hielt.

Erik scrollte flüchtig seine Facebookseite runter, ohne überhaupt richtig hinzuschauen. »Tausend-und-icks Nachrichten«, murmelte er. »Alles Schnee von gestern. Merken die Leute eigentlich nicht, dass Facebook allmählich out ist?« Er loggte sich aus.

Auch Valentin hatte keine Lust, auf seine Seite zu gehen und sich all das Gelaber von irgendwelchen Wichtigtuern reinzuziehen. Gelangweilt surften sie im Netz, bis sie bei YouTube landeten, wo sie sich Clips anschauten, kleine böse Filme von Menschen, die anderen Menschen Grausamkeiten antaten.

***

Das Beste an ihrem Umzug nach Barsbüttel war das Gasthaus Petersen in der Nachbarschaft, in dem Lara aushilfsweise arbeitete. Es machte ihr Spaß, den alten Damen, die am Wochenende dort ihre Nachmittage vertrödelten, die Tortenstücke zu servieren – und für jedes Lächeln ein extragroßes Trinkgeld einzufahren. Manchmal half sie auch wochentags in der Küche, und sogar bei der Buchhaltung war sie schon eingesprungen, weil der Chef mit der Bedienung des Excelprogramms seines Computers überfordert war. An diesem Samstag war so viel zu tun, dass sie gar keine Zeit hatte, ständig an Valentin zu denken und auf seinen Anruf zu warten. In der Gaststube durfte sie ihr iPhone sowieso nicht anhaben.

Erst am Nachmittag begannen die Stunden sich hinzuziehen und quälend lang zu werden. Sie spielte freiwillig mit Leonie Federball und half ihrem Vater bei der Gartenarbeit. Trotzdem schaffte sie es, alle zehn Minuten nachzuschauen, ob sie endlich eine Antwort von Valentin auf dem Handy hatte. Nichts, keine SMS, keine Nachricht auf der Mailbox.

Am Abend musste sie sich eingestehen, dass er sich nicht gemeldet hatte. Die Enttäuschung nagte in ihr. Sie wählte seine Nummer und drückte dann doch nicht auf Verbinden. Verdammt noch mal, es konnte doch nicht sein, dass immer nur sie den Kontakt hielt.

Sie gab sich Mühe, sein Schweigen nicht allzu ernst zu nehmen. Wer weiß, was er am Wochenende alles vorhatte. Was wusste sie denn eigentlich von seinem Leben und davon, womit er seine Zeit füllte? Und vielleicht war es ja ganz gut, die Geschichte langsam anzugehen.

Gegen zwanzig Uhr, als sie neben ihren Eltern auf dem

Sofa saß und Tagesschau guckte, bekam sie eine SMS von Melanie. *Fährst du zu Valentin? Kann ich mit?*

Sie starrte auf ihr Handy. Was sollte das denn? Hatte Melanie mitbekommen, dass sie jetzt mit Valentin zusammen war? Und wie kam sie um alles in der Welt darauf, dass sie sie zu ihm mitnehmen würde? *Warum?*, simste sie.

Zehn Sekunden später kam die Antwort: *Poolparty!!!*

Sie spürte, wie ihr das Blut in den Kopf schoss, als wäre sie bei einer Lüge ertappt worden. Ganz heiß war ihr plötzlich. Valentin gab eine Party und hatte ihr nicht Bescheid gegeben? Aber die blöde Melanie war bestens informiert. Was war denn das für eine Nummer?

Woher weißt du das?, tippte sie in ihr Handy.

Die Antwort kam sofort: *von robert*

Robert, das war doch einer der Typen auf der Party gewesen, dieser Blonde. Melli hatte offenbar Kontakte geknüpft.

Also? Holst du mich ab? Melanie ließ nicht locker.

Lara sah von ihren Eltern zum Fernseher und vom Fernseher zu Melanies SMS. Was war schlimmer? Mit Melanie zu Valentins Party zu fahren, obwohl er sie nicht eingeladen hatte, oder am Samstagabend mit ihren Eltern eine romantische Komödie anzuschauen, von der sie vor lauter Grübeln eh nichts mitbekommen würde?

Es dauerte keine drei Sekunden, bis sie sich entschieden hatte. Gar keine Frage: Mehr als alles andere brauchte sie Gewissheit. »Ich fahre noch mal zu Melanie«, sagte sie und stand auf, »ich kann doch das Auto haben, oder? Wir wollen noch auf eine Party.«

Ihre Mutter rutschte nach vorne auf die Sofakante, als wäre sie in Alarmbereitschaft. »Aber du trinkst nicht, wenn du fährst.«

Lara rollte mit den Augen. »Was glaubt ihr denn?«

Als sie den Wagen aus der Garage fuhr, war sie sich völlig sicher. Nein … Sie hatte absolut nicht vor, sich zu betrinken. Sie hatte das Gefühl, einen klaren Kopf behalten zu müssen, wenn sie Valentin begegnete. Denn nach Melanies SMS war da wieder diese böse Ahnung in ihr, dass sie ihm nicht trauen konnte.

Nein, kein bisschen konnte sie ihm trauen.

***

Cap stand in einem eleganten schwarzen Anzug von Valentins Vater am Eingangstor und ließ die Kids, die am frühen Abend eintrudelten, in den Garten. Er war der King, ein ungekrönter König, der sich seiner Macht sicher war. Schon an seiner großmütigen Miene, mit der er die Leute einließ, war zu erkennen, dass er nicht irgendein angeheuerter Türsteher war. Hey, er hätte den teuren Boss-Anzug gar nicht gebraucht. Er hätte hier auch in Unterhose stehen können, und die Leute würden kapieren, dass er das Sagen hatte. Natürliche Autorität, das war es …

Er hatte für alles gesorgt: Schon am Kiesweg, der am Haus entlangführte, hatte er einen Tisch aufgebaut, auf dem gefüllte Sektgläser standen, sodass man sich ungefragt bedienen konnte. Auf der Terrasse standen Dutzende Weinflaschen, die er aus dem Keller geholt hatte.

Und auch ein paar Kästen Bier, die vom letzten Samstag übrig geblieben waren, hatte er dazugestellt. Die Gartenfackeln hatte er leider nicht gefunden, aber es war auch so noch hell genug.

Jetzt zogen allerdings ein paar Wolken auf. Cap schaute zum Himmel, der zusehends grauer wurde. Egal, zur Not feierten sie eben im Wohnzimmer. Ein bisschen mehr Sorge bereiteten ihm die Typen, die jetzt die Straße entlangkamen und ganz und gar nicht nach Elbvororten aussahen – sondern nach Randale. Typen, wie er sie nur zu gut vom Schulhof kannte und die er auf keiner Party dabeihaben wollte, egal, wo sie stattfand. Er war sich nicht sicher, ob er es allein mit denen aufnehmen sollte. Sein Blick fiel auf Robert und die beiden anderen Jungs aus der S-Bahn, die gerade von der anderen Straßenseite auf die Villa zusteuerten. Die kamen im richtigen Moment! Er winkte sie zu sich.

»Hi, Robert«, sagte er wie selbstverständlich, »prima, dass ihr da seid.«

Die drei sahen ihn misstrauisch an. Doch da er auf der richtigen Seite des Zauns stand, wurden ihre Mienen freundlicher.

»Was ist?«, fragte Robert. »Können wir nicht rein?«

»Klar doch, macht schnell.« Er öffnete ihnen das Tor. »Ihr kommt wie gerufen. Valentin hat keine Türsteher mehr gekriegt. War ja auch etwas spontan, diese Party. Er hat mich gefragt, ob ich das machen kann, jedenfalls die erste Stunde. Danach schließen wir einfach ab.«

Robert sah sich um. »Wo steckt er denn? Wird das wieder eine Feier, auf der er nach einer halben Stunde verschwindet?«

Er hob die Schultern. »Keine Ahnung, was er vorhat. Seht ihr die vier Typen da? Die sollen auf keinen Fall rein.«

»Null Problem!« Robert verschränkte die Arme vor der Brust und seine beiden Kumpel taten es ihm nach … die Blues Brothers in Blond, mit arrogantem Grinsen und blickdichten Sonnenbrillen auf den Nasen.

»Verpisst euch, sonst rufen wir die Bullen!«, rief Robert den Jungs zu, die jetzt auf der anderen Straßenseite standen und auf den Fußballen wippten, als würden sie gleich zum Sprung ansetzen.

»Verpiss dich selbst, du Loser!«, nuschelte der Älteste, ein Typ mit schwarzen Haaren, die er sich mit so viel Gel an den Kopf geklebt hatte, dass sie wie eine nasse Badekappe aussahen. Er zog etwas aus den Tiefen seiner ausgebeulten Hose, das sich als ausziehbarer Schlagstock entpuppte.

»Die Polizei ist in drei Minuten hier!« Roberts Stimme überschlug sich. Er fischte sein Handy aus der Jackentasche.

Cap runzelte die Stirn. Mist, so hatte er sich das nicht gedacht. Er zupfte Robert am Ärmel. »Willst du wirklich die Bullen anrufen?«, flüsterte er. »Das ist ein bisschen übertrieben, oder?«

Robert zog die Augenbrauen hoch. »Was schlägst du denn vor? Du siehst doch, wie die drauf sind.«

Jetzt holte er Valentins Schlüsselbund aus der Hosentasche. »Ganz einfach, Mann: De-Es-Ka-La-Tion«, sagte er, wobei er dieses Wort, das er praktischerweise in der letzten Politikstunde gelernt hatte, Silbe für Silbe betonte. »Valentin hat gemeint, wenn's nach Ärger aussieht, sollen wir das Tor zumachen und uns nach hinten verziehen. Einfach ignorieren, die Deppen, das ist das Beste.«

»Von mir aus …« Robert trat zur Seite und ließ ihn abschließen.

Es schien zu funktionieren. Während sie sich vom Eingang zurückzogen, blieb die Gang auf der anderen Straßenseite ruhig. Nur die Jugendlichen, die gerade ankamen und denen Cap die Tür vor der Nase verschlossen hatte, murrten.

»Sorry, Leute, vielleicht nächstes Mal …« Er nickte ihnen zu und legte Robert den Arm um die Schulter. »Na, dann wollen wir uns mal ein Bierchen holen, Robbybaby.«

Robert machte eine missmutige Miene und schüttelte seinen Arm ab. Seine beiden Freunde lachten. »Robbybaby«, kicherte der eine.

Jetzt lachte auch Cap. Robert musterte ihn argwöhnisch. »Wer bist du eigentlich, Mann? Woher kennst du Valentin?«

Er zögerte eine Sekunde. »Woher ich ihn kenne? Von der Schule.«

»Ach ja?«

»Von der Schule in England … Oxford … Ich bin hier zu Besuch.«

»Okay, verstehe. Na, dann viel Spaß noch.« Robert schien zufrieden zu sein. Er nahm sich einen Sekt vom Tisch und ging mit seinen Freunden weiter in den Garten.

Cap blieb stehen und schaute noch einmal zurück. Die Lage vorm Haus hatte sich offensichtlich entspannt. Er hängte sich das Jackett lässig über die Schulter, nahm sich ebenfalls ein Glas Sekt und schlenderte Richtung Pool, wo schon ein paar Leute vergnügt im Wasser planschten. Eine Weile sah er ihnen zu, dann kippte er den Sekt in den Pool, zog sich die Hose aus und sprang in Boxershorts und Oberhemd ins Wasser. Hey, genauso hatte er sich das vorgestellt …

***

Als Lara und Melanie vor dem Haus der Voigts ankamen, löste sich die Gruppe der Wartenden gerade auf. Jemand hatte die Nachricht bekommen, dass ein paar Hundert Meter stadteinwärts eine andere Party lief, und so zog man halt weiter.

Melanie schaute auf das Eingangstor und den verwaisten Vorgarten. »Man kann die Musik hören«, sagte sie. »Wie blöd ist das denn … Aber egal. Auf Erik hab ich sowieso keinen Bock, der stellt sich schon das ganze Wochenende tot.« Sie sah sich um. »Und von Robert ist auch nichts zu sehen. Ach, komm, lass uns zu der anderen Party …«

Lara hörte ihr gar nicht zu. Es tat weh, vor dem Haus zu stehen, wo sie noch vor Kurzem mit Valentin zusammen gewesen war. Und jetzt? Jetzt war sie außen vor, so wie Melanie und alle anderen. Als hätte sie nicht das geringste Recht, auf Valentins Party dabei zu sein. Bilder vom Donnerstagabend kamen ihr in den Sinn, wie er mit

Schwung die Tür aufgemacht und sie voller Aufregung begrüßt hatte, wie verschlossen er wegen der Fotos seines blonden Stiefbruders gewesen war ... wie sie hoch in sein Zimmer gegangen waren, sich gegenseitig ausgezogen hatten, sich geliebt hatten ... Sie biss sich auf die Unterlippe.

Plötzlich kam ihr ein Gedanke. Vielleicht hatte er einfach nicht auf der Rechnung gehabt, dass sie seine Facebooknachrichten gar nicht lesen konnte? Sie hatte ihn ja noch immer nicht gefragt, mit welchem Namen er da angemeldet war. Vielleicht war er wie selbstverständlich davon ausgegangen, dass sie sich eingeladen fühlte?

»Was ist?« Melanie stieß sie mit dem Ellenbogen an. »Willst du hier Wurzeln schlagen?« Und schon stakste sie auf ihren High Heels hinter den anderen her. »Nun komm schon, Lara!«

Sie zögerte. »Jetzt warte doch einen Moment. Ich könnte Valentin ja mal anrufen.«

Melanie kehrte tatsächlich um und versuchte, Lara beim Telefonieren über die Schulter zu gucken. »Hoho, er hat dir seine Nummer gegeben? Wie man hört, ist das eine ganz große Ausnahme.«

Lara lauschte in ihr Handy. Sie ließ es klingeln und klingeln, aber Valentin nahm nicht ab. Als die Mailbox ansprang, überlegte sie kurz, ob sie ihm eine Nachricht hinterlassen sollte, entschied sich aber dagegen. Nein, es hatte keinen Sinn. Sie war ja nicht komplett naiv. Es war deutlich genug, dass er sie nicht bei seiner Feier dabeihaben wollte. Da brauchte sie sich nichts vorzumachen. Wie dumm von ihr, ihm nachzulaufen.

»Dann eben nicht, Valentin Voigt«, murmelte sie. »Du kannst mich mal!« Sie hakte sich bei Melanie ein und gemeinsam rannten sie hinter den anderen her. Doch egal, wie aufgedreht und fröhlich sie auch tat – die Enttäuschung nagte in ihr.

***

Valentin fühlte sich unwohl. Warum guckte er sich eigentlich diese beschissenen Clips an, die irgendwelche kranken Typen ins Netz gestellt hatten? Erik hatte ihm ein neues Bier gebracht, bevor er ins Bett gegangen war, weil er Kopfschmerzen hatte. Er schob es zur Seite und schaute auf die Uhr. Es war noch nicht einmal elf. Vielleicht sollte er sich jetzt den Joint genehmigen, den er sich gedreht hatte, und sich auch einfach hinlegen. Heute passierte bestimmt nichts mehr, weswegen es sich lohnte, wach zu bleiben.

Bevor er den Computer ausschaltete, ging er doch noch mal zu Facebook und rief seine Seite auf. Er las die letzten eingegangenen Meldungen. Und plötzlich war er hellwach. Was war das denn? Er hatte zu einer Poolparty eingeladen? An diesem Abend? Was war denn das für ein Schwachsinn?

Mit zunehmendem Ärger las er all die munteren Kommentare, die seine angebliche Einladung ausgelöst hatte. Scheiße! Wahrscheinlich standen jetzt lauter Leute bei ihnen vorm Haus und waren stinkwütend, dass niemand da war. Er warf einen Blick auf den schlafenden Erik, nahm die Flasche Bier und zog die Zimmertür hinter sich zu. Seine Kehle war mit einem Mal trocken wie Sandpapier. Er konnte den Ärger, der auf ihn wartete, förmlich riechen.

***

Nass vom Pool und vom Regen tanzte Cap inmitten der anderen auf der Terrasse. Jeder Song schien nur für ihn gemacht zu sein. *I got a swimming pool full of liquor and they dive in it …* Das war es! Kichernd kippte er zu dem Sekt noch ein Glas Wodka in den Pool. In der Fensterscheibe sah er sein Spiegelbild und er lachte dem Typen in dem weißen, eng am Körper klebenden Hemd zu. Hey, Cap, du hast es geschafft! Die Welt gehört dir, die ganze Welt. *You gotta get up and try, try, try …* Nein, Mam, es ging nicht langsam bergauf, nicht für ihn. Es ging steil nach oben wie eine Rakete.

Als ein kalter Wind aufkam, zog er sich die Boss-Hose über die nassen Boxershorts und öffnete die Terrassentür. Die Meute wechselte ins Wohnzimmer, wo jemand die Musikanlage aufdrehte. Ein paar Kids tanzten weiter, einige vergnügten sich in den Tiefen der Sitzlandschaft. Ein Mädchen hatte sich an den Flügel gesetzt und spielte Klavier, unbeeindruckt von dem hämmernden Dubstep, der aus den Boxen dröhnte.

Eine mollige Blonde zog ihn auf die Tanzfläche vor dem Sofa. Ohne auch nur ein Wort mit ihm gesprochen zu haben, küsste sie ihn. Sie schmeckte nach Bier und Zigaretten, ihre Finger wanderten über seine Brust abwärts und sein Herz klopfte schneller. Doch er ließ sie los, er wollte nichts von ihr. Er war viel zu aufgedreht, um sich auf ein Mädchen einzulassen. Vielleicht, wenn Lara da wäre … Lara … Mann, trotz alldem hier vermisste er sie … Für einen Moment durchzuckte ihn die Ahnung, dass ihm eigentlich all diese Leute hier ziemlich egal waren. Er wischte das Gefühl zur Seite. Was soll's? Das hier, das war einfach eine geile Party …

Mit schwerem Kopf kniete er sich vor den Kamin und versuchte, ein Feuer anzuzünden, etwas, das er noch nie gemacht hatte. Es qualmte und glimmte und drohte zu erlöschen. »Komm schon …« Er blies in die Glut, so wie er es in irgendwelchen Abenteuerfilmen gesehen hatte. Die Flammen flackerten auf. Klar, es klappte, es klappte einfach alles. Er pustete, bis ihm schwindlig wurde. Dann zog er sich ein großes Kissen heran und setzte sich so dicht ans Feuer, dass sein nasses Hemd dampfte und ihm die Hitze auf der Haut brannte.

Die Blonde hockte sich im Schneidersitz neben ihn und reichte ihm eine Wodkaflasche. »Super Hausbar haben die hier«, sagte sie und lachte ihn an. Offenbar hatte sie ihm die Abfuhr nicht krummgenommen. Er nahm einen langen Schluck, ließ sich aufs Kissen sinken und schloss die Augen. Hinter den Lidern sah er noch immer den hellen Schein des Feuers leuchten. Er war nicht betrunken, sondern hatte genau die richtige Menge Alkohol im Blut, um sich gut zu fühlen.

Im Laufe des Abends hatten sich ein paar Leute nach

Valentin umgeschaut, aber niemanden schien es wirklich zu interessieren, wo er steckte. Die Party lief auch ohne ihn. Dieser Valentin hatte offenbar eh den Ruf eines schrägen Typen, der sich gerne mal zurückzog, wenn ihm was zu viel wurde. Robert war der Einzige, der Cap schon ein paarmal nach ihm gefragt hatte. Auch jetzt kam er herübergeschlendert und setzte sich neben ihn.

»Valentin ist doch ein Idiot«, sagte er. »Was soll das, am Freitag zu schreiben, dass er was zu feiern hat, und dann zu verschwinden? Der reagiert auf nichts, dieser Nerd. Ich hab schon in seinem Zimmer geguckt, aber da ist er nicht. Hat er irgendwas gesagt?«

»Tja, ich weiß nicht«, antwortete er zögernd. »Er meinte, wir sollten schon mal anfangen, er würde später kommen. Ich glaube, er wollte noch was Besonderes besorgen.«

Robert verzog das Gesicht zu einem spöttischen Grinsen. »Das sieht ihm ähnlich. Hoffentlich hat er sich nicht mit irgendeinem miesen Dealer angelegt.«

»Hoffentlich«, wiederholte Cap.

Die Blonde mit der Wodkaflasche kicherte. »Valli knallt immer mehr durch. War er in England auch so drauf?«

»Keine Ahnung … eigentlich nicht«, antwortete er ausweichend.

Jetzt holte Robert eine kleine Metallschachtel aus der Hosentasche und öffnete sie. »Wenn er was Besonderes haben will, hätte er auch mich fragen können, das weiß er doch. Wollt ihr?«

Cap setzte sich auf und musterte die dunkelroten Pillen, die Robert ihm hinhielt. »Und was ist das?«

Robert grinste. »Sag ich doch. Was Besonderes.« Er legte sich eine der Pillen auf die Zunge und streckte sie provozierend raus.

Das Mädchen schüttelte den Kopf, aber Cap nahm ihm die Dose aus der Hand. Einen Moment zögerte er, dann steckte er sich eines der roten Dinger in den Mund. »No risk, no fun«, meinte er und schluckte die Pille mit Wodka hinunter.

Im selben Moment sah er Valentin. Er stand im Eingang zur Diele, mit nassen Haaren und vom Regen fleckigem Pulli, und starrte auf das Geschehen im Wohnzimmer.

»Scheiße«, murmelte Cap.

Auch Robert und das Mädchen schauten jetzt zu Valentin. »Da ist er ja«, sagte das Mädchen. »Und mal wieder mit einer Stinklaune.«

Roberts Blick wanderte zurück zu Cap. »Was ist los, Mann? Warum guckst du so entsetzt?«

»Ich ... also ... ich hab ihm versprochen, dass wir draußen bleiben und nicht ins Haus gehen. Das gibt Ärger.«

Robert streckte sich aus und legte seinen Kopf in den Schoß des Mädchens. »Alter, bleib locker«, sagte er. »Draußen regnet es.«

Cap beobachtete, wie Valentin mit einem der beiden Jungs aus der S-Bahn redete. Er baute sich vor ihm auf, der Junge wich ein Stück zurück und deutete zum Kamin hinüber. Cap konnte förmlich hören, was er sagte. *Der da, dein Freund aus England, hat uns reingelassen.* Ihm wurde heiß und sein vom Feuer gerötetes Gesicht war plötzlich schweißbedeckt. In seinem Kopf ratterte es los. Er musste irgendetwas tun, etwas sagen.

»Wie heißt dein Kumpel noch mal, der Kleinere, mit dem du zusammen gekommen bist?«, fragte er Robert.

»Meinst du Maxi?«, fragte Robert zurück.

»Genau ... Ich glaube, ich muss da mal was klären.« Er stand auf. Mit der Wodkaflasche in der Hand ging er hinüber zu Valentin, der ihm voller Wut und Misstrauen entgegensah.

»Hey, Valli«, sagte er und schlug gleichzeitig dem Jungen neben Valentin auf die Schulter. »Maxi, lass uns mal eben alleine. Wir haben was zu besprechen.«

Der Junge schien nicht unglücklich darüber zu sein, aus der Schusslinie zu kommen. Er ließ sich neben Robert und dem Mädchen vorm Kamin nieder.

Valentin stand immer noch im Eingang zum Wohnzimmer. Cap sah, dass er getrunken hatte, vielleicht auch was geraucht, und dass er darum rang, zu kapieren, was er sah. Aber er war nicht wirklich betrunken, nicht so sehr, um nicht zu begreifen, dass hier etwas ziemlich Schräges ablief.

»Warst du das?«, fragte Valentin und Cap konnte die Wut in seiner Stimme hören. »Hast du die Leute hier reingelassen?«

Er zuckte hilflos die Schultern. »Na ja, die standen alle vorm Haus ... Die wollten in den Garten ...«

»Hey, Valentin!«, brüllte einer der Typen von der Theke. »Der Sekt ist alle! Könnt ihr mal Nachschub holen!«

Valentin schien ihn gar nicht gehört zu haben. Er sah an Cap vorbei ins Zimmer, sein Arm schnellte nach vorne und er zeigte zu dem Mädchen hinüber, das den Flügel malträtierte. »Rebecca«, schrie er, »nimm deine Finger da weg! Sofort!«

Trotz der lauten Musik im Raum reagierte das Mädchen und stand tatsächlich auf. Einige Leute lachten und gackerten und der Typ an der Theke winkte mit der leeren Sektflasche. »Valli, Nachschub!« Doch das schien ihn nur noch mehr aufzuregen. »Haut ab, alle miteinander. Verschwindet!«, brüllte er. Dann drehte er sich zu Cap. »Was hast du gemacht, du Wichser? Warst du das bei Facebook? Ich schwöre dir, ich zeige dich an. Ich hol die Bullen.«

»Nein … das ist doch Blödsinn, Alter«, stotterte Cap. Er spürte, wie die Hitze in Wellen in ihm hochstieg. Sie brandete auf, als hätte jemand in die Glut geblasen. Seine Augäpfel brannten und von Sekunde zu Sekunde fiel es ihm schwerer, sich zu konzentrieren. Was war los? Valentins Gesicht schien sich langsam, aber sicher aufzulösen; es wurde immer verschwommener. Na klar, das lag an der verdammten Pille, die Robert ihm gegeben hatte. Das war ja der Hammer, wie die ihn plötzlich erwischt hatte. Er musste irgendetwas sagen, irgendetwas tun, bevor ihm das alles hier komplett entglitt. Wenn Valentin jetzt die Polizei holte, dann … Er musste sich konzentrieren, verdammt noch mal, irgendetwas Sinnvolles sagen. Er musste diesen Typen wieder loswerden!

»Valentin, warte mal … lass uns erst mal den Sekt holen … Ich helfe dir, Alter. Das ist doch eine Überraschungsfeier … weißt du … für dich … Wir müssen doch anstoßen … wegen Oxford, weißt du …« Seine Zunge wurde immer schwerer, seine Lippen bewegten sich in Zeitlupe, während er beschwörend auf Valentin einredete. »Überraschung, Bruder … nun komm schon.«

***

Keine einzige Sekunde hatte Lara es geschafft, ihren Kummer wegen Valentin zu vergessen und sich zu amüsieren. Sie fühlte sich einfach nur mies. Aber Melanie war von der Party nicht wegzukriegen. Lara hatte schon ein paarmal versucht, sie dazu zu bringen, nach Hause zu fahren. Jetzt reichte es ihr. Sie hatte keine Lust mehr, den Babysitter für diese Ziege zu spielen, die sie mit Missachtung strafte, sowie sie ihr Ziel heil und trocken erreicht hatte. Sie ließ die langweilige Rumstehparty hinter sich und stapfte durch den Nieselregen die Elbchaussee hinunter zu ihrem Wagen. Als sie bei der Voigt'schen Villa vorbeikam, sah sie, dass im Haus noch die Lichter an waren. Der Lärm der Musik drang gedämpft nach draußen. Sie zögerte. Sollte sie wirklich einfach so bei Valentin vorbeigehen, als würde sie ihn nicht kennen? Nur um dann den Rest der Nacht zu grübeln und sich schlecht zu fühlen … Wenn er sie nicht sehen wollte, dann sollte er ihr das sagen, und zwar sofort. Entschieden drückte sie auf den Klingelknopf.

Es dauerte eine Weile, bis sich das Tor öffnete. In der Haustür stand ein Mädchen, das ziemlich betrunken aussah.

Sie ging durch den Vorgarten. »Hi«, sagte sie. »Ich bin eine Freundin von Valentin. Kann ich reinkommen?«

Das Mädchen trat zur Seite. »Klar. Ist aber nicht mehr viel los.«

Sie hängte ihre nasse Jacke an die Garderobe und betrat das Wohnzimmer. Es waren kaum noch Leute da, die Party hatte eindeutig ihren Höhepunkt überschritten.

»Weißt du, wo Valentin ist?«, fragte sie.

»Vorhin habe ich ihn gesehen«, antwortete das Mädchen. »Er hat sich mit einem Typen herumgestritten. Keine Ahnung, wo die jetzt sind. Ehrlich gesagt, Valli hatte eine Stinklaune. Er hat mich angebrüllt, nur weil ich Klavier gespielt habe.«

Ein wenig ratlos ging sie zur Küchenecke und nahm sich eine Cola. Dann zog sie ihr Handy hervor und wählte Valentins Nummer. Vielleicht ging er ja jetzt endlich mal ran. Sie wollte jetzt verdammt noch mal wissen, was eigentlich los mit ihm war.

***

Valentin machte den Rücken steif, aber er ließ sich trotzdem von diesem fremden Typen die Treppe hinunterschieben. Wer war das? Maxi hatte gesagt, er wäre von seiner Schule in Oxford. Scheiße, er konnte sich beim besten Willen nicht an den erinnern. Was lief hier eigentlich ab? Wieso eine Überraschungsparty, was gab's denn da zu feiern? War da irgendetwas, was er nicht mitbekommen hatte? Ihm kam eine Szene in den Sinn, einer von den

Clips, den er vorhin bei Erik gesehen hatte. Da hatte eine Domina einem Mann vorgegaukelt, er würde einen Wahnsinnssex erleben, wenn er sich die Augen verbinden ließe. Und dann hatte sie ihn nackt und mit einem Steifen aus seinem Schlafzimmer ins Wohnzimmer rübergebracht und ihm das Tuch abgenommen. Da saßen dann seine Kumpel und lachten sich halb schlapp über ihn.

Er spürte plötzlich ein Prickeln zwischen den Schulterblättern und drehte sich um. »Was soll das alles, ey? Ich hab keinen Bock auf eine Überraschung.« Unwillig blieb er vor dem Weinkeller stehen. »Und ich hab auch keinen Bock, immer für alle den Oberkellner zu machen.«

»Musst du nicht, Valli, echt nicht. Komm mal weiter.« Dieser dunkelhäutige Typ legte ihm die Hand auf den Oberarm.

Sie gingen jetzt den Kellerflur entlang. »Wart's ab«, sagte der Typ und senkte die Stimme. »Komm schon!«

Er riss sich los. »Wehe, wenn das hier 'ne Verarschung ist, Alter, ich hol die Bullen«, murmelte er. Trotzdem widersetzte er sich nicht, als der Junge ihn weiterschob. Wie ein Opferlamm, schoss es ihm durch den Kopf. Ich bin ein Scheißopferlamm, sonst nichts.

***

Während der wenigen Sekunden, die er Valentin durch den Keller schleppte, war in Caps Hirn nichts anderes als eine einzige wabernde Leere. Er hatte keinen Plan, keine Peilung, er wusste nicht, was als Nächstes passieren würde.

Diese Scheißpille ... es gelang ihm nicht, sich zu konzentrieren. *Benutz deinen Kopf, Cap, streng dich mehr an. Du bist klug, Cap. Du könntest es weit bringen, Cap. Cap, Cap, du kannst es weit bringen, wenn du nur willst* ... Sein Herz pumpte wie wild Blut durch seinen Körper, es lief auf Hochtour. Es gab nur eins, was er tun konnte. Er musste weitermachen, er musste das durchziehen. Valentin durfte ihm das hier nicht kaputt machen, diesen Abend, diese Party ... es war doch *seine* Party!

Am Ende des Flurs stand die Tür offen ... Was war da noch? ... Das Zimmer mit den Bandfotos, der Übungsraum ... »Guck mal«, sagte er, »guck mal ...«

Valentin starrte an ihm vorbei in den leeren Raum, schüttelte seinen Arm ab und funkelte ihn wütend an. »Spinnst du, Mann? Hier ist doch nichts!« Cap konnte seinen schlechten Atem riechen. Er nahm den Sonnenbrand auf Valentins Wangenknochen wahr, die blonden Härchen auf seiner Oberlippe, verzerrt wie durch ein Brennglas.

In diesem Moment klingelte sein Handy. Er zog es aus der Hosentasche, zusammen mit Roberts Metallschachtel. Er kniff die Augen zusammen, die Buchstaben auf dem Display tanzten ... Doch immerhin erkannte er die Nummer. Lara!

»Was soll das alles?« Valentins Blick flackerte, zum Handy und zur Pillenschachtel und wieder zurück zu ihm, als erwarte er einen billigen Zaubertrick.

Er drückte ihm die silberne Schachtel in die Hand, genauso wie die Wodkaflasche, und schob ihn unsanft in den

Raum. »Hier, nimm! Nun nimm schon! Ich sag dir, du wirst staunen, Mann!«

Als er die Tür hinter Valentin ins Schloss fallen ließ und den Schlüssel rumdrehte, hielt ihn der verwirrte Gesichtsausdruck des Jungen für eine Sekunde gefangen – dann löste er sich auf und verlor seine Bedeutung. Lara rief ihn an … Lara … Es tat gut, an sie denken zu können. Sie würde ihm helfen, das Wabern in seinem Kopf zu stoppen. Sie war die Einzige, die ihn kannte, die ihn liebte, für die er wichtig war …

Während er den Weg zurück zur Treppe ging, weg von dem Brüllen und Hämmern, das aus dem Kellerraum drang, tastete er sich an der Wand entlang. Mit weichen Knien blieb er an der Treppe stehen, lehnte sich gegen das kalte Mauerwerk und nahm das Gespräch an.

»Lara, Lara«, stammelte er. »Hey, Lara, wo bist du?«

***

Wie merkwürdig Valentin geklungen hatte … War er betrunken? Als sie ihm sagte, dass sie auf der Party war und im Wohnzimmer an der Theke stand, hatte er irgendwas gesagt, was sie nicht richtig verstanden hatte. Nur, dass sie nicht gehen sollte …

»Lara!« Mitten in ihre Grübeleien hinein tauchte er plötzlich auf. Er legte seine Stirn auf ihre Schulter. »Mir ist so schlecht«, stöhnte er. »Das ganze Zimmer dreht sich. Scheiße!«

Was für eine Begrüßung! Sie wandte sich zu ihm um,

sah in seine fiebrigen Augen mit den großen schwarzen Pupillen. Sie erkannte sofort, dass er auf Droge war. Aber sie sah auch, wie sehr er sich freute, sie zu sehen. Er drückte sein heißes Gesicht an ihres.

»Lara, Lara, Lara«, murmelte er, »du bist da! Wegen mir, nicht wahr? Nur wegen mir, nicht wegen der Party. Das ist wunderbar.«

Ein paar Sekunden hielt er sie fest umschlungen und sie spürte sein Herz klopfen, viel zu schnell, viel zu heftig. Dann ließ er sie los und schaute an ihr vorbei ins Wohnzimmer. Nur mühsam schien er zu begreifen, was er da sah. Die leeren Wein- und Bierflaschen auf dem Boden, die Polster des Sofas, die im ganzen Raum verteilt waren. Die drei, vier Leute, die vor dem Kamin lagen und in die Glut schauten. Als sein Blick auf das Mädchen fiel, das ihr die Tür aufgemacht hatte und das jetzt am Klavier auf die Tasten tippte, straffte sich sein Körper.

»Nimm die Finger vom Klavier, Rebecca!«, schrie er. Das Mädchen stand erschrocken auf und er fing an zu kichern. »Und räumt gefälligst die Bude auf! Sonst hol ich die Bullen.« Er prustete los vor Lachen. »Ich hol die Bullen!«

Lara sah ihm besorgt ins Gesicht. Sein Verhalten machte ihr Angst. »Soll ich lieber gehen, Valentin? Vielleicht ist es besser, wir sehen uns, wenn du wieder klar bist.«

»Ich bin doch völlig klar. Bleib bei mir, bitte. Ich brauche dich.« Von einer Sekunde zur anderen füllten sich seine Augen mit Tränen.

»Valentin?« Laras Herz zog sich zusammen. Was war los mit ihm?

»Don't worry, baby.« Er legte ihr den Arm um die Schultern. *»It's my party and I'll cry if I want to, cry if I want to, cry if I want to, you would cry too, if it happened to you«*, sang er ihr leise ins Ohr. Dann küsste er sie auf den Mundwinkel. »Lass uns schlafen gehen«, sagte er, »ich bin schrecklich müde.«

Gemeinsam gingen sie die Treppe hoch. Auf der Hälfte blieb er stehen, drehte sich noch mal um und wedelte mit den Armen. »Aus die Maus!«, rief er. »Die Party ist zu Ende. Ihr könnt jetzt alle gehen!«

Lara zog ihn weiter, bis sie in Valentins Zimmer waren, wo er es gerade noch schaffte, die Schuhe und die Hose auszuziehen, eine feine schwarze Anzughose. Als sie in seinem Bett lagen, hielt er sie fest umschlungen.

»Alles ist gut. Alles ist bestens«, murmelte er. Wenige Sekunden später entspannten sich seine Muskeln. Er war eingeschlafen.

Eine ganze Weile lag sie neben ihm, hellwach und verwirrt. Ihr Arm, auf dem er lag, fing an zu kribbeln und sie drehte Valentin vorsichtig zur Seite. Er rollte sich zusammen und zog sich die Knie fast bis ans Kinn. Sie schaute ihn an und wurde ruhiger. So musste er als kleines Kind ausgesehen haben, so friedlich und entspannt. Sie nahm ihr Handy und nahm im Halbdunkel ein Foto von ihm auf, ein verschwommenes, schemenhaftes Bild. In diesem Moment liebte sie ihn sehr, mit all seinen Verrücktheiten, seiner Sprunghaftigkeit und seinen Widersprüchen.

***

Cap wurde davon wach, dass Lara ihm ins Gesicht pustete. »Na endlich«, sagte sie. »Du hast ja geschlafen wie ein Toter.«

Er öffnete die Augen, was ihm schwerfiel. Seine Lider fühlten sich an wie zugeklebt. »Wie spät ist es denn?«

»Nach zwölf. Erik hat gerade geklingelt und dein Handy vorbeigebracht.«

»Mein Handy?« Cap setzte sich auf und rieb sich das Gesicht. Das Bett schwankte bedenklich und er war noch nicht ganz klar im Kopf. Wieso hatte dieser Erik sein Handy?

»Ja, dein iPhone. Du hast es gestern bei ihm liegen gelassen. Er war etwas angepisst, dass du einfach so abgehauen bist.«

Immer noch war er nicht ganz auf der Höhe der Ereignisse. »Ich kapiere gar nichts«, sagte er und sah sich um. Die Sonne ließ die feinen Staubkörnchen im Zimmer flimmern. In Valentins Zimmer.

Lara warf ein iPhone auf die Bettdecke, das nichts seins war. Ein iPhone 6. Na klar, es gehörte Valentin! Plötzlich war alles wieder da, die Party, Roberts Pillen, Valentins wütender Auftritt, der Keller … Scheiße …

»Oh, Mann!«, stöhnte er.

»Erik schien reichlich erstaunt zu sein, mich hier zu sehen«, sagte Lara. »Kein Wunder … ich war ja auch nicht eingeladen …« Sie klang mehr unsicher als beleidigt. Ihre langen dunklen Wimpern flatterten.

»Lara. Ich …« Er brach ab.

»Was denn?«

»Es stimmt, ich hab dir nichts gesagt, weil …« Immer noch suchte er nach Worten.

Sie setzte sich zu ihm und musterte ihn. »Da ist wohl einiges los gewesen, auf deiner Party … Hast du mir deshalb nicht Bescheid gegeben … wegen der Drogen?«

»Ja, wahrscheinlich«, antwortete er. »Ich dachte, das passt dir nicht.« Er drehte das Handy in der Hand hin und her und versuchte, einen klaren Gedanken zu fassen zu kriegen. Aber wie sollte er das, mit Lara neben ihm, die ihn anschaute, als wollte sie ihn hypnotisieren mit ihren Huskyaugen.

»Da hast du recht«, sagte sie. »Ich hasse Drogen. Ich will damit nichts zu tun haben.« Ihre Worte klangen hart und trotzdem sah sie ihn nicht abweisend an. Ganz im Gegenteil …

Mist, er hatte jetzt keine Zeit für sie. Er musste sie so schnell wie möglich loswerden, um nach Valentin zu gucken. Der kochte sicherlich vor Wut, da unten im Keller.

»Hey«, sie boxte ihn sanft gegen die Schulter, »ich war ganz schön sauer, dass du mich nicht eingeladen hast.«

»Klar, tut mir echt leid … Es war ja auch mehr so eine spontane Idee …«

Jetzt drückte sie ihn auf das Kissen zurück. Ihre hellen Augen glänzten. »Aber es ist doch gut, dass ich jetzt da bin, oder nicht?«, flüsterte sie.

»Ja …«

Sie schlüpfte zu ihm unter die Bettdecke und schmiegte sich an ihn. Die Berührung ihrer nackten Beine ging ihm wie ein Stromschlag unter die Haut.

Er schluckte. »Lara … ich wollte eigentlich …«

»Ja?« Ihre Finger wanderten seinen Hals entlang.

»Lara …«

»Alles okay?« Sie strich über seinen Bauch.

»Oh, Mann!« Sein Widerstand schmolz schneller als Eis in der Sonne. Sie schob sich auf ihn, er spürte ihren warmen Körper, ihren Atem, ihre Bewegungen, er roch ihre Haut und vergrub sein Gesicht in ihren Haaren. Es war unglaublich gut, dass sie da war. Er vergaß, was er eigentlich vorhatte. Er vergaß alles andere.

***

Valentin wachte mit flirrendem Kopf auf. Er fror und es war schwarz um ihn herum. Seine Finger glitten über rauen Teppichboden, berührten etwas Hartes, eine Glasflasche. Wo war er? Er suchte in seinen Hosentaschen nach dem Handy, um auf die Uhr zu schauen. Er fand es nicht. Warum war es nur so schrecklich dunkel? Langsam kam ihm die Erinnerung … Er war mit Erik unterwegs gewesen, sie waren mit dem Boot rausgefahren, hatten am Strand geschlafen. Da war es nicht so kalt gewesen, sie hatten ein Lagerfeuer gemacht … Später hatten sie sich Clips angeguckt, bei Erik im Zimmer. Aber was war dann passiert?

In seinem Schädel schrillte es, als hätte er zu lange vor aufgedrehten Lautsprecherboxen gestanden. Er war nach Hause gegangen, wo eine Party lief, oder nicht? Was war das für ein Typ gewesen, mit dem er geredet hatte? Warum waren sie zusammen in den Keller gegangen? Valentin presste die Hände gegen die Schläfen.

Die Pillen! Er hatte von diesen Pillen probiert … Die Schachtel musste noch da sein. Noch einmal untersuchte er seine Hosentaschen. Alles, was er fand, waren ein Päckchen Kaugummi, sein Feuerzeug und einen Joint.

Mit schweren Gliedern rappelte er sich auf. Er musste raus aus diesem Keller, raus aus der Dunkelheit. Aber der Boden schwankte … wie das Segelboot. War Erik auch hier? Er streckte die Arme aus, wollte sich festhalten, irgendwo im Nichts, er machte ein paar Schritte, taumelte, stolperte, fiel hin. Er schaffte es nicht. Er musste warten, bis es heller wurde.

Mit klammen Fingern zog er ein Kaugummi heraus und steckte es sich in den Mund. Dann zündete er sich den Joint an. Das würde ihm gegen die Kälte helfen und gegen die Geräusche in seinem Kopf. Das würde ihm helfen, diese beschissene Nacht zu überstehen.

***

Cap stand unter der Dusche und das Wasser prasselte von allen Seiten auf ihn ein. Hey, war das gut! Es trieb den letzten Rest des irritierenden Schwindelgefühls aus ihm heraus. Mit geschlossenen Augen ließ er sich das heiße Wasser übers Gesicht strömen. Ewig könnte er hier so stehen und nichts tun. Nur dem nachspüren, was eben passiert war. Lara … wie schön sie war, ihre dunklen Haare fielen ihr ins Gesicht, ihre Brüste glänzten vor Schweiß …

Er hielt diese Bilder fest. Das andere Bild, das von dem Jungen im Keller, das wollte er nicht sehen. Er schob es weg wie die Erinnerung an einen Albtraum, den er in der Nacht gehabt hatte. Er konnte sich jetzt nicht um ihn kümmern, nicht, solange Lara noch da war.

Durch die Milchglasscheibe der Duschkabine sah er, dass sie ins Badezimmer gekommen war. »Sag mal, wie lange brauchst du noch? Du duschst schon eine Ewigkeit. Deine Eltern sind da.«

»Was?« Er stellte das Wasser ab. »Was hast du gesagt?«

Sie lachte nervös. »Deine Eltern sind da. Deine Mutter ist ins Zimmer gestürmt. Hey, klopft die nicht an, bevor sie reinkommt? Das war mir echt peinlich.«

»Meine Mutter war hier?!«

»Na ja, deine Stiefmutter. Sie war auf hundertachtzig wegen der Party im Wohnzimmer. Aber als sie mich gesehen hat, hat sie sich zusammengerissen.«

Er lehnte sich erschöpft an die Duschkabine. »Ich glaub's nicht …«, stöhnte er.

Lara schob die Kabinentür auf und drückte ihm ein Badelaken in die Hand. »Hey, Valentin. Es ist alles in Ordnung. Sie war zwar abgenervt, dass da unten so ein Chaos ist. Aber zu mir war sie wirklich ganz nett. Sie hat sogar gefragt, ob ich frühstücken will. Aber, wenn es dir lieber ist, dann gehe ich jetzt.«

Er schaute Lara nicht an, doch im Spiegel sah er, dass sie ihr Kleid angezogen hatte und sich die Haare bürstete. Er stieg aus der Dusche und trocknete sich ab. Was, um alles in der Welt, sollte er jetzt machen? Ins Wohnzimmer runtergehen, Hand in Hand mit Lara, und sich zu Mam und Dad an die Theke setzen? Vielen Dank für die Croissants ... den Orangensaft presse ich uns schon selbst ... und wie war es so bei den Hartmanns, ihr Lieben?

Lara stupste ihn an. »Was ist denn los? Warum guckst du so entsetzt, Valentin? Du musst sagen, wenn ich gehen soll.«

Cap räusperte sich. »Ja«, antwortete er. »Wäre wohl besser ... Aber andererseits ... vielleicht kannst du ja runtergehen und sagen, dass ich noch nicht fertig bin. Ich will auch nicht frühstücken. Ich hab keinen Hunger.«

»Ich warte lieber auf dich.«

Er zog sie an sich. »Bitte, Lara«, murmelte er, »geh schon mal runter. Es ist ... es ist gerade etwas schwierig zwischen mir und meinen Eltern. Und dann noch die Party gestern ... Zu dir sind sie sicher netter als zu mir. Das hast du doch selbst gesagt ... bitte!«

»Okay, wenn du meinst ... von mir aus ...«

Erleichtert merkte er, dass sie nickte. Er ließ sie los, wickelte sich in das Handtuch und öffnete die Badezimmertür. »Danke«, seufzte er, »danke, Lara. Ich brauche noch etwas Zeit. Aber ich versuch, mich zu beeilen.«

***

Lara ging mit ungutem Gefühl hinunter ins Wohnzimmer. Auch ihr Verhältnis zu den Eltern war nicht immer einfach. Aber obwohl sie sich oft kontrolliert und gegängelt fühlte, vertraute sie ihnen im Grunde doch. Sie fühlte sich geborgen in ihrer Familie. Doch Valentins Beziehung zu seinen Eltern schien reichlich gestört zu sein. Eben hatte er nahezu panisch gewirkt, als hätte er Angst, seiner Stiefmutter zu begegnen. Das konnte doch nicht nur daran liegen, dass er einen Anschiss wegen der Party bekommen würde.

Im Wohnzimmer war niemand, als sie die Treppe hinunterkam. Sie legte schnell die Polster aufs Sofa und räumte ein paar Flaschen weg. Als sie gerade mit einem Wischlappen auf dem mit Bier bekleckerten Glasboden kniete, hörte sie ein Räuspern und zuckte vor Schreck zusammen.

Valentins Stiefmutter stand im Raum, im Tennisdress und offenbar frisch geduscht. Ihre langen Haare waren noch feucht. »Lass doch, Clara. Bitte! Dieses Chaos hier soll Valentin ruhig selbst wegmachen.« Sie rang sich ein Lächeln ab.

Lara stand auf. »Lara«, sagte sie und versuchte, nicht vorlaut zu klingen.

Valentins Mutter reagierte nicht. Sie ging in die Küche und schaltete die Espressomaschine an. Ihrem angespannten Rücken und den hochgezogenen Schultern war anzusehen, wie sehr sie sich bemühte, ihren Ärger nicht zu zeigen. »Was war denn das für eine Party?«, fragte sie. »Ich dachte, dass Valentin bei Erik übernachten wollte.«

Lara zuckte die Schultern. »Weiß nicht. War wohl ziemlich spontan«, antwortete sie.

»So? Das ist eigentlich gar nicht seine Art …« Sie drehte sich um und musterte Lara, als wollte sie herausfinden, ob *sie* die Ursache für Valentins ungewöhnliche Partylaune gewesen war. »Nun … Soll ich euch Kaffee oder Tee machen?«

»Danke. Ich möchte nichts. Und Valentin wollte auch nicht frühstücken.«

Valentins Mutter schien gar nicht zugehört zu haben. Sie hantierte weiter in der Küche herum. Sie brühte Kaffee auf, machte Rühreier mit Speck, Tee und frischen Orangensaft. Wie falsch das wirkte, diese Freundlichkeit, hinter der jede Menge üble Laune steckte. Aber sie kannte das von ihrer Mutter: Wenn Fremde da waren, wurde auf heile Welt gemacht, auch wenn eigentlich gerade dicke Luft war.

Sie bot ihr ihre Hilfe an, doch Valentins Mutter winkte ab und so ging sie zur Terrassentür und schaute in den Garten. Sie fühlte sich unbehaglich. Wo blieb Valentin denn nur?

Statt Valentin tauchte jetzt sein Vater auf, im Bademantel und barfuß. Mit einem jovialen Lächeln kam er auf sie zu. Sie konnte sein Aftershave riechen, noch bevor er neben ihr stand.

»Welch ungewöhnlicher Besuch … Guten Morgen!« Er prostete ihr mit seiner Schale Milchkaffee zu. Offenbar war er einer von den Männern, die sich für unwiderstehlich halten. Unverhohlen flirtete er mit ihr und redete dummes Zeug … Wie schön, dass sein Sohn mal ein Mädchen mitbrachte, und dazu noch so ein hübsches … Er in Valentins Alter hätte ja schon längst seine Erfahrungen gemacht, und das nicht zu knapp … hahaha … Dann entschuldigte er sich, weil er sich umziehen musste, ein bisschen schick machen, ein Businessessen, ja, ja, leider auch am Sonntag. Grüßen Sie mir meinen Sohn und sagen Sie ihm, so einen guten Geschmack hätte ich ihm gar nicht zugetraut … haha … Und schon federte er dynamisch zur Theke, nahm sich ein Glas Orangensaft und war wieder zur Tür hinaus.

Lara unterdrückte ein Seufzen. Mann, war das peinlich.

»So«, sagte Valentins Mutter von der Theke her. »Ich habe die Sachen aufs Tablett gestellt. Ich muss leider jetzt los. War nett, dich kennengelernt zu haben, Clara.« Sie verzog das Gesicht zu einem höflichen Lächeln und war bereits auf dem Weg zur Treppe.

»Willst du nicht endlich mal runterkommen, Valentin?!«, rief sie in den ersten Stock hoch und wartete ungefähr drei Sekunden. »Also, dann bis nachher, ich geh jetzt. Räum das Wohnzimmer anständig auf. Wir sprechen da noch drüber! Und kannst du dich bitte auch um die Wachteln kümmern?«

Eine Minute später warf ihr auch Valentins Vater ein eiliges »Auf Wiedersehen, viel Spaß noch!« zu und sie war alleine.

Puh! Sie atmete hörbar auf. Was für stressige Leute. Jetzt konnte sie schon besser verstehen, dass Valentin offensichtlich keine große Lust hatte, seinen Eltern zu begegnen.

***

Lara kam mit einem Tablett ins Zimmer. »Das ist mal ein Frühstück«, sagte sie. »Kaffee, Tee und Orangensaft. Deine Mutter hat sich richtig ins Zeug gelegt, obwohl sie sauer ist, weil das Wohnzimmer nicht aufgeräumt war. Jetzt ist sie zum Tennis.«

Cap starrte sie an, als ob sie Chinesisch mit ihm geredet hätte. Er hatte sich mittlerweile angezogen, wofür er sich ein frisches weißes T-Shirt aus Valentins Schrank geholt hatte. Wortlos sah er ihr zu, wie sie die Bettdecke glatt strich, das Tablett aufs Bett stellte und es sich gemütlich machte.

»Entspann dich.« Sie klopfte neben sich auf die Decke. »Dein Vater ist auch schon wieder weg. Was für ein Schleimer. Der hätte mich fast angebaggert.«

Er setzte sich neben sie und trank einen Becher Tee. Mehr bekam er nicht runter. Aber zum Glück redete Lara wie aufgedreht, während sie von dem Orangensaft trank, ein Schokohörnchen in den Milchkaffee stippte, es mit Appetit verputzte und sich auch noch Rührei nahm. Sie erzählte ihm, was sein Vater für blöde Bemerkungen gemacht hatte und dass seine Mutter sie hartnäckig Clara genannt hatte.

Als sie auch noch von den Wachteln anfing, die er füttern sollte, hielt er es nicht mehr aus. Er stopfte sich ein Croissant in den Mund, um nichts sagen zu müssen, verschluckte sich daran, hustete und prustete und musste so grässlich lachen, dass er kaum noch Luft bekam. Das war alles komplett verrückt, absolut gaga. Er musste dieser absurden Situation hier entkommen, sonst erstickte er noch.

»Weißt du was«, nuschelte er, japste nach Luft und gackerte nur noch mehr, »ich schau jetzt mal nach den Wachteln. Und du kannst in Ruhe duschen gehen. Wir haben nämlich nicht nur Hühner, sondern auch eine ganz wunderbare Dusche.« Er konnte nicht anders, er krümmte sich vor Lachen.

»Was ist daran so komisch?« Lara musterte ihn stirnrunzelnd. Er sah, wie sie innerlich ein Stück von ihm abrückte, aber er schaffte es nicht, mit dem Gekicher aufzuhören.

»Nichts!«, prustete er. »Geh du mal ruhig duschen.«

Laras helle Augen wurden eine Spur düsterer. »Okay ... warum nicht«, sagte sie schließlich. »Ich kann aber auch mit in den Garten kommen.«

Er wischte sich die Tränen von den Wangen und gab ihr einen Kuss auf den Mund, dem sie jedoch auswich, sodass er nur ihren Mundwinkel erwischte. »Nee, lass mal. Das mache ich schon«, sagte er und stand auf.

»Valentin? Ist alles in Ordnung?« Sie sah ihn so fragend und gleichzeitig kühl an, dass ihm plötzlich nicht mehr nach Lachen zumute war. Dann nahm sie ihre Kleidung vom Boden und verließ den Raum.

Als sie im Badezimmer verschwunden war, starrte er aus dem Fenster in den Garten und versuchte, die Hühner zu erkennen. Aber von oben war nichts zu sehen. Was für ein Blödsinn ... Was gingen ihn eigentlich diese bescheuerten Wachteln an? Der Einzige, dem er ein Frühstück schuldete, war Valentin. Aber solange Lara noch im Haus war, musste der Gute leider noch dort unten bleiben. Sorry, Bruder ...

***

Unter der Dusche ging Lara noch immer Valentins durchgeknalltes Verhalten durch den Kopf, sein panischer Gesichtsausdruck, sein albernes Lachen, seine ganze aufgedrehte Art. Und auf einmal wusste sie die Antwort auf ihre Fragen und Zweifel. All das Hin und Her, das sie mit ihm erlebte, das Gefühl, dass er nie wirklich da war, wenn sie zusammen waren, seine plötzlichen Stimmungsschwankungen – das alles lag daran, dass er Drogen nahm! Und das war etwas, was sie ganz bestimmt nicht aushalten würde. Never ever. In Flensburg war ein Junkie in ihrer Clique gewesen, Gerald, ein Junge, in den sie eine Zeit lang ziemlich verliebt gewesen war. Seine Unberechenbarkeit und der Mist, den er erzählte, hatten sie fertiggemacht.

Das Herz zog sich ihr zusammen vor Kummer, aber es ging nicht anders. Sie wollte da nicht reingezogen werden. Es machte ihr Angst, wenn Valentin sich so irre benahm. Sie musste Schluss machen, bevor es überhaupt richtig angefangen hatte. Mit Gerald damals hatte sie sich viel zu lange herumgequält, bis sie endlich kapiert hatte, wie sinnlos das Ganze war. Sie hatte ihm nicht helfen können, denn er hatte nicht einmal wahrhaben wollen, in was er da hineingeschliddert war.

Sie stellte das heiße Wasser ab, duschte noch ein paar Sekunden eiskalt, sodass ihr der Atem wegblieb. Dann trocknete sie sich ab und schlüpfte in ihre Sachen. Valentins Zimmertür war offen, sie warf einen letzten Blick auf das Bett, vor dem sein zerknülltes Hemd auf dem Boden lag. Mit Tränen in den Augen ging sie die Treppe hinunter. Vom Wohnzimmer aus schaute sie in den Garten; Valentin war nicht zu sehen. Sollte sie nicht zu ihm gehen und mit ihm sprechen, ihm sagen, dass Schluss war? Sie biss sich auf die Lippen, um nicht loszuheulen. Nein, wenn er sie anschaute, sie berührte, dann schaffte sie das nicht.

Als sie die schwere Eingangstür hinter sich zuzog, durch den Vorgarten und die Elbchaussee hinunter zu ihrem Wagen lief, drehte sie sich nicht mehr um. Das Kapitel Valentin Voigt war für sie zu Ende. Der Gedanke war kaum zu ertragen, aber es war besser so.

***

Caps Neugier hatte ihn doch noch in den Garten getrieben. Zumindest angucken wollte er diese Wachteln mal. Wer weiß, wie die aussahen? Solange Lara duschte, konnte er sich ja mal auf die Suche begeben. Erst jetzt, wo er allein war, spürte er, wie sehr es in seinem Schädel immer noch dröhnte. Kein Mensch konnte bei so einem Lärm im Kopf einen vernünftigen Gedanken denken. Vielleicht vertrugen sich diese Pillen nicht mit Wodka. Ein bisschen frische Luft würde ihm guttun.

An einer dichten Reihe Johannisbeersträuchern vorbei ging er in den seitlich gelegenen Teil des Gartens, wo er das Außengehege entdeckte. Auf dem verdorrten Rasen waren die braungrauen Vögel kaum zu erkennen. Richtig unscheinbar sahen sie aus. Er kniete sich vor den engmaschigen Draht, zupfte ein paar Handvoll Grashalme aus und schob sie durch das Gitter. Die Wachteln kamen angerannt und pickten ihm die Halme aus den Fingern. Er schaute ihnen noch eine Weile zu und stand dann wieder auf. Keine Ahnung, warum man sich so etwas im Garten hielt.

Schließlich kehrte er ins Haus zurück. Lara war jetzt sicher mit Duschen fertig und er wollte ein bisschen gute Stimmung verbreiten. Er hatte ja gemerkt, wie genervt sie von ihm gewesen war.

Er sprang die Treppe hoch und klopfte an die Badezimmertür. »Lara?« Keine Antwort. Sie war nicht mehr im Bad. In Valentins Zimmer war sie auch nicht. Eilig lief er wieder ins Wohnzimmer hinunter und sah auch im Garten nach. Nein, von Lara war nichts zu sehen. Sie war gegangen und er konnte es ihr nicht mal wirklich übel nehmen. Er hatte sich wie ein Idiot benommen.

Enttäuscht schloss er die Terrassentür und machte sich auf den Weg in den Keller. Okay … dann gab es jetzt keinen Grund mehr, Valentin da unten noch länger schmoren zu lassen – abgesehen davon, dass er wahrscheinlich in der nächsten Sekunde jede Menge Ärger am Hals haben würde. Aber was soll's, er würde mit dem Typen schon fertigwerden. Der war ihm mit Sicherheit unterlegen. Er atmete tief durch und drehte den Schlüssel herum. Jetzt sollte das Schicksal mal seinen Lauf nehmen, wohin auch immer es laufen wollte.

Der Geruch nach Marihuana kam ihm schon am Eingang entgegen. In dem fensterlosen Raum hing der Rauch wie Nebel in der Luft. Das grelle Licht, das vom Flur hineinfiel, reichte, um die Szene auszuleuchten.

Der Junge lag am anderen Ende des Raums auf dem Boden. Offensichtlich schlief er. »Hallo, Valentin …«

Langsam ging Cap auf ihn zu und stupste ihn an, schüttelte ihn an der Schulter. »Ey, Valli, aufstehen …« Doch Valentin wachte nicht auf, es kamen nur ein paar gemurmelte Worte und dann ein leises Schnarchen.

Er setzte sich neben ihn auf den Boden. »Mann, Alter«, sagte er ratlos. Eine Minute lang saß er da und beobachtete Valentin beim Schlafen. Dann stand er auf, holte das Frühstückstablett aus Valentins Zimmer, stellte es neben den schlafenden Jungen, zog die Tür zu und ging.

***

Nur undeutlich nahm Valentin wahr, dass es hell im Raum geworden war und dass ihn jemand an der Schulter berührt hatte. »Lass mich in Ruhe«, murmelte er, »lass mich doch in Ruhe.« Merkwürdig. Alles war merkwürdig, aber er war zu müde, um sich darum zu kümmern. Er vergrub den Kopf in der Armbeuge. Seinen Kopf, der sich schwer wie Blei anfühlte, obwohl er leer und hohl war.

***

Cap war immer noch ratlos, als er ins Wohnzimmer zurückkehrte. Als er im selben Moment durchs Fenster sah, dass Lara von der Straße auf das Gartentor zuging, seufzte er erleichtert. Sie kam zurück! Es tat ihr leid, dass sie einfach so weggerannt war. Ja, verdammt noch mal, er wollte nicht von ihr verlassen werden, einfach so, ohne ein Wort. Er wollte überhaupt nicht verlassen werden, von niemandem.

Er hörte das Klingeln an der Tür, lief zur Diele, kehrte wieder um und rannte die Kellertreppe hinunter. Wenn Valentin nun doch aufgewacht war ... Womöglich platzte er ins Zimmer, kaum dass Lara wieder bei ihm war. Hastig drehte er den Schlüssel um und sprintete wieder die Treppe hoch und in die Diele.

»Lara!«, rief er durch die Gegensprechanlage, »warte, ich mache dir auf.« Er drückte auf den Türöffner.

Dann stand sie vor ihm. »Ich habe meine Jacke vergessen«, sagte sie kühl und blieb auf der Schwelle stehen. »Sie hängt an der Garderobe. Gibt's du sie mir bitte? Ich will nach Hause.«

Sein Magen zog sich zusammen. Das klang ganz und gar nicht nach Versöhnung. »Komm doch wieder rein, Lara«, sagte er und lächelte unsicher.

Sie schüttelte den Kopf, ging an ihm vorbei, griff sich ihre Jacke und war auch schon wieder draußen.

»Bitte, Lara, lauf nicht weg«, bettelte er. »Es tut mir leid, dass ich so albern war. Ehrlich!«

»Es ist doch nicht, weil du rumgealbert hast, Valentin«, sagte sie, »aber ich krieg das einfach nicht hin. Ich weiß überhaupt nicht, woran ich mit dir bin. Diese beschissenen Drogen. Ich weiß einfach nicht ...« Sie brach ab und er sah, dass sie Tränen in den Augen hatte.

»Ich nehme keine Drogen! Ich bin doch kein Idiot!«, platzte es aus ihm heraus. »Gestern Abend hat mir Robert was gegeben, aber das war eine Ausnahme, ehrlich. Jetzt komm doch bitte wieder rein.« Er zog sie am Arm, doch sie riss sich los.

»Ehrlich?! Ich weiß nicht, ob du überhaupt jemals ehrlich bist.« Sie schüttelte den Kopf. »Es hat keinen Sinn«, sagte sie. »Ich hab so was schon mal durchgemacht. Ich will das nicht, Valentin.« Und dann drehte sie sich um und ließ ihn stehen.

Er sah ihr nach, wie sie durch den Vorgarten und die Straße hinunterging. In diesem Moment spürte er nichts anderes als Wut und Groll. »Ich heiße Cap! Weißt du das?«, schrie er, aber sie ging ungerührt weiter. Wahrscheinlich hatte sie ihn gar nicht gehört. Er ballte die Faust. Sie hatte ihn abserviert, ganz nebenbei, weil er nicht mehr in ihr hübsches kleines Leben passte. Verdammt noch mal, so ging das nicht! Er knallte die Tür hinter sich zu und rannte ihr nach. Doch er hatte einen Moment zu lange gezögert. Er konnte nur noch sehen, wie sie in einen roten Toyota stieg und davonfuhr. Enttäuscht vergrub er die Hände in den Hosentaschen – und erschrak. Er hatte einen Riesenfehler gemacht … er war einfach so losgelaufen. Jetzt war die Haustür zu und sein Handy lag noch auf der Theke. Und der Haustürschlüssel? Den hatte er in Valentins Zimmer liegen gelassen! Mann, alles lief schief!

***

Valentins Hirn arbeitete mit Zeitverzögerung. Erst, als es wieder schwarz um ihn wurde, begriff er, dass da eben Licht gewesen war. Hatte nicht gerade jemand mit ihm gesprochen? Er tastete sich im Dunkeln zur Tür und drückte die Klinke. Abgeschlossen! Er war eingesperrt!

»Was soll das? Mach auf!«, schrie er und rüttelte an der Klinke. Aber er bekam keine Antwort.

Er kroch über den Teppichboden, um sein Feuerzeug zu suchen. Mit zitternden Fingern drehte er an dem Rädchen, bis es anging. In dem dünnen, flackernden Schein sah er das Tablett, das neben der Tür stand. Toastbrot, Rührei und Orangensaft ... Seine Mutter hatte ihm Frühstück gemacht, so wie jeden Sonntag. Hatte sie ihm das Frühstück in den Keller gebracht? War sie es, die das Licht angemacht hatte? Hatte *sie* die Tür wieder verschlossen? Ihn eingesperrt, so wie früher in seinem Zimmer ...

Er starrte auf das Tablett, als würde er dort die Antwort auf seine Fragen finden. Es dauerte eine Weile, bis er merkte, was für einen Hunger und Durst er hatte.

Wie schrecklich war es, im Dunkeln zu essen. Immer wieder zündete er das Feuerzeug an, um zu sehen, was er da zu sich nahm. Hastig trank er zwei Gläser Orangensaft und verschlang das Rührei, fast ohne zu kauen, als fürchtete er, jemand könnte ihm das Essen wieder wegnehmen. Dann stand er auf und versuchte noch einmal, die Tür zu öffnen. Vergeblich. Er trat mit dem Fuß gegen das Metall, er brüllte und schrie. Aber er bekam keine Antwort. Er war gefangen. Das war das Einzige, was er begriff.

Aber sonst verstand er überhaupt nichts.

***

Langsam kam Lara wieder zu sich. Die Bitterkeit, die sie verspürt hatte, als ihr Valentin mit seinen Ausflüchten gekommen war, ließ nach. Hatte sie das wirklich so gewollt? Sollte plötzlich alles zu Ende sein? Hals über Kopf war sie abgehauen, ohne noch mal mit ihm zu reden. Sie hatte ihm keine Chance gegeben … Sie hatte ihn im Stich gelassen, obwohl es doch klar war, dass irgendetwas nicht mit ihm stimmte, dass er Probleme hatte. Das Foto fiel ihr wieder ein, das Foto von seinem Stiefbruder. Wie düster sein Blick geworden war, als sie es in die Hand genommen hatte.

Sie seufzte. Diese beschissenen Drogen! Sie hasste das Zeug. Und idiotischerweise fühlte sie sich jetzt auch noch schuldig. Vielleicht hätte sie ihm ja helfen können … helfen, die Sache mit den Drogen in den Griff zu bekommen. Auf Gerald hatte sie doch immerhin eine Zeit lang einen guten Einfluss gehabt. Wenn er nicht die falschen Freunde gehabt hätte … Und Valentin? Was hatte der eigentlich für Freunde außer Erik, diesem Obermacho? Die Leute auf seinen Partys schienen doch alle nur ihren Spaß haben zu wollen …

Im Autoradio lief Kuschelrock. Schon jetzt vermisste sie ihn so sehr, dass ihr das Herz wehtat. Sie war drauf und dran umzukehren. Doch sie fuhr weiter die Elbchaussee hinunter. Sie musste erst einmal Abstand bekommen von Valentin, von seinem Elternhaus und seinem ganzen verwöhnten Leben, das sie nicht durchschaute.

***

Unsinnigerweise hatte Cap auf den Klingelknopf gedrückt. Natürlich würde ihm niemand aufmachen. Wer denn auch?

Und genauso unsinnigerweise lief er ein Stück die Elbchaussee hinunter, in der vagen Hoffnung, Lara noch einzuholen. Natürlich war sie längst weg. Er hatte es vermasselt. Was sollte er jetzt nur tun?

Sonntagsausflügler auf dem Weg nach Blankenese kamen ihm entgegen, manche in Wagen mit offenem Verdeck. Cap stutzte und drehte sich um. Die Frau in dem weißen Mercedes-Cabrio, das war Valentins Mutter gewesen! Er schaute ihr nach, bis der Wagen nicht mehr zu sehen war. Mit Sicherheit fuhr sie nach Hause. Das war seine Chance! Er hatte zwar keine Ahnung, was er sagen sollte. Aber er wusste, dass er den verdammten Schlüssel zurückhaben musste.

Sie war noch im Tennisdress, als sie in der Haustür stand und ihn fragend musterte, Mrs Misstrauen in Person. »Ja, bitte?«, sagte sie.

Er verzog sein Gesicht zu einem Lächeln. Höflich sein, Cap, freundlich, egal, wie angespitzt sie guckt.

»Guten Tag«, antwortete er, »entschuldigen Sie die Störung. Aber ich ... ich war gestern auf Valentins Party und da habe ich leider etwas vergessen. Ich würde es gerne abholen.«

»Ach so ... du warst auch auf dieser Party. Ja, dann ...« Sie öffnete ihm das Tor und wartete, bis er durch den Vorgarten zum Haus kam. »Was hast du denn vergessen? Ich werde Valentin fragen, ob er es gefunden hat. Wie ist denn dein Name?«

»Cap. Ich heiße Cap. Ich habe mein Handy vergessen. Und meinen Schlüssel.«

»Moment, ich frage Valentin«, sagte sie und zog die Tür ins Schloss.

Er starrte auf die verschlossene Tür und wartete. Nach fünf Minuten kam sie wieder. »Ich weiß leider nicht, wo Valentin steckt. Ich dachte, er wäre im Garten, aber … tja … er ist nicht da.« Ihre mageren Schultern zuckten in Ratlosigkeit.

Cap wurde heiß. Er holte tief Luft. »Ich glaube, ich weiß, wo meine Sachen sind«, sagte er, »vielleicht könnte ich kurz rein und sie holen?«

Sie runzelte die Stirn. Klar, jetzt checkte sie ab, ob das Ganze ein Trick von diesem dunkelhäutigen Typen war, ins Haus zu kommen, sie auszurauben, zu vergewaltigen, ihr den mageren Hals umzudrehen …

»Mein Handy müsste noch auf der Theke liegen«, sagte er schnell.

Sie schüttelte den Kopf. »Dann hätte ich es heute Morgen gesehen«, meinte sie. »Aber wenn du willst, schaue ich noch mal nach.«

»Ein iPhone in einer gelben Hülle«, rief er, bevor sie ihm wieder die Tür vor der Nase zuzog. »Neon!«

Zwanzig Sekunden später öffnete sie erneut und reichte ihm sein iPhone. »Tatsächlich«, sagte sie jetzt etwas freundlicher, »aber einen Schlüssel habe ich nicht gefunden.«

Er trat einen Schritt näher. »Ich habe ihn sicher in Valentins Zimmer verloren. Das Einfachste wäre, ich laufe schnell hoch und suche ihn.«

Sie zögerte. Aber dann ließ sie ihn ins Haus und sah ihm

nach, wie er die Treppe hinaufhastete und in Valentins Zimmer verschwand. Er schaute sich um. Da lag der Jim-Block-Schlüsselbund neben dem Bett. Und da war auch Valentins Handy, das Lara ihm am Morgen zugeworfen hatte, das iPhone 6. Er nahm es in die Hand, es fühlte sich einfach gut an, eleganter, leichter als sein altes. Es war das Beste, was es derzeit gab. Er steckte es ein, er konnte nicht anders. Niemand würde eine solche Chance ungenutzt lassen, oder?

Valentins Mutter stand immer noch in der Diele und wartete auf ihn. »Hast du ihn?«, fragte sie, als er die Treppe hinunterkam. Sie seufzte. »Valentin verliert auch ständig seinen Schlüssel«, sagte sie. »Sag mal, weißt du zufällig, wo er sein könnte?«

Caps Finger umklammerten den Schlüsselbund in seiner Hosentasche. »Keine Ahnung«, sagte er. »Haben Sie schon beim Fundbüro gefragt?«

»Ich meinte, ob du weißt, wo Valentin steckt. Ich wollte ihn eigentlich wegen dieser Party gestern …« Sie brach mitten im Satz ab, aber so faltig, wie sie vor Missmut aussah, war klar, was sie meinte. »Nun, du kannst ja nichts dafür«, sagte sie stattdessen.

»Tja, tut mir leid. Vielleicht ist er mit Lara weggegangen …«

»Lara, ach so …«

Er schob sich an ihr vorbei zur Haustür. »Ich gehe dann mal. Vielen Dank, auf Wiedersehen.«

Er rannte fast die paar Meter durch den Vorgarten, ihre Blicke wie Nadelstiche im Nacken. Puh, er musste hier weg, nichts wie weg. Er steckte sich seine Kopfhörer in die Ohren und drehte die Musik an seinem iPhone auf, bis es wehtat und sein Kopf bis in die letzte Haarspitze zugedröhnt war. Nur nicht denken müssen.

Noch bevor er den Bahnhof erreicht hatte, spürte er das Vibrieren des zweiten iPhones in seiner Hosentasche. Er schaute auf das Display – Valentins Mutter rief an, die Kneifzange, um rumzumeckern. Er ging nicht ran, natürlich nicht.

Als er in der S-Bahn saß, lehnte er den Kopf ans Fenster. Hinter seinen Schläfen pochte es und mit jedem Kilometer, den er Othmarschen hinter sich ließ, wuchs der Druck in seinem Magen. Er fuhr in die falsche Richtung! Kehr um, verdammt noch mal, Valentin steckt immer noch in dem verdammten Keller! Tu was! Benutz deinen Kopf, Cap, streng dich mehr an. Du bist klug, Cap. Du könntest es weit bringen, Cap. Du könntest … Sein Spiegelbild in der Fensterscheibe schaute ihn böse an. Ihn, Gabriel Wisdom Amoah, genannt Cap. Oder Valentin.

Kurz vorm Hauptbahnhof holte ihn eine SMS aus seinem dumpfen Brüten. Wieder Valentins Mutter. *Wo steckst du?*

Diesmal zwang er sich zu einer Antwort. *Bin bei Lara, werde da vielleicht schlafen. Seid ihr heute Abend zu Hause?*

Er musste eine Weile warten. Wahrscheinlich dachte sie darüber nach, ob sie Valentin noch eine Standpauke simsen sollte. Doch sie hatte es sich anders überlegt. *Ja, müssen aber morgen früh raus, zum Flughafen. Komme mor-*

gen Abend wieder, Papa übermorgen. Sei bitte zum Abendessen da!

Mal sehen. Melde mich.

Er schloss die Augen. Das Tippen der SMS hatte ihn erschöpft, als hätte er einen halben Roman geschrieben. Als er die Augen wieder öffnete, fiel sein Blick auf ein Werbeplakat am Bahnsteig, ein Plakat mit dem neuen iPhone, von denen er eines in der Hosentasche trug. *Be smart – catch it if you can.* Seine Finger legten sich fest um das Handy. Hey, das war ein Zeichen! Er war kein Idiot, ganz bestimmt nicht. Irgendwie würde er die Dinge schon wieder in den Griff kriegen.

***

Valentin vergrub den Kopf in den Händen, die Finger in die kurzen Haare verkrallt, bis es wehtat. Nicht durchdrehen, Valli, nur nicht durchdrehen. Ruhig atmen, irgendwann geht es vorbei. Er hatte schon einige schlechte Trips überstanden, weil er an Stoff geraten war, den er nicht vertragen hatte. Grässliche Stunden, aber irgendwann waren sie vorüber gewesen.

Doch dieses hier, dieser Keller, das war kein Horrortrip, keine durchgeknallte Fantasie, und das war noch viel schrecklicher. Die Angst stieg in ihm hoch, krallte sich in seinem Nacken fest und drückte ihm die Schläfen zusammen. Die Dunkelheit legte sich auf ihn, drang in jede Zelle seines Körpers und lähmte ihn wie ein schleichendes Gift. Unzählige Male hatte er die Wände auf der Suche nach dem Lichtschalter abgetastet, bis ihm eingefallen war, dass der Schalter außen war. Wenn er sein Feuerzeug anmachte, hatte er für ein paar Sekunden Licht. Aber dann wurde es heiß und er verbrannte sich die Finger. Und die Schwärze danach war nur noch unerträglicher.

Warum war er hier? Was war passiert? Dieser Typ, mit dem er in den Keller gegangen war, hatte ihn in seinem alten Übungsraum eingesperrt. Und seine Mutter hatte ihm Frühstück gemacht. Er verstand das einfach nicht.

Er hockte hier im Dunkeln und niemand hörte ihn, wenn er schrie und an der Tür rüttelte. Niemand war im Haus. Niemand suchte ihn. Niemand vermisste ihn. Niemand interessierte sich einen Scheißdreck für ihn. Niemand. Das war die Wirklichkeit und nichts als die Wirklichkeit.

***

Der Fahrstuhl funktionierte nicht. Cap stieg die Treppen hoch in den sechsten Stock, vorbei an den zerbeulten Briefkästen, den Mülltüten, die im Treppenhaus standen, dem Gezeter und Geschrei, das aus den Wohnungen drang. Als er die Tür aufschließen wollte, wurde sie gerade von innen geöffnet.

»Hey, Bruder, da bist du ja.« Sein Freund Dennis grinste ihn an.

Er ging an ihm vorbei in die Küche. »Was macht Dennis denn hier?«, fragte er seine Mutter, die an der Arbeitsplatte Gemüse schnippelte, und ließ sich auf einen Stuhl sinken.

»Er hat geklingelt und da hab ich ihn reingelassen«, antwortete seine Mutter.

»Ich dachte, du bist auch da …«, nuschelte Dennis.

Cap bemerkte, dass er eine geschwollene Oberlippe hatte, vom Kicken oder einer Schlägerei oder einem anderen seiner Hobbys.

Bevor er etwas sagen konnte, sprach seine Mutter weiter. »Ich wollte mal mit Dennis reden. *Du* bist ja fast nie mehr zu Hause.«

Er runzelte die Stirn. »Worüber wolltest du mit ihm reden?«

»Über alles Mögliche … Wie es seiner Familie geht … Wie es in der Schule so läuft … Ob er weiß, warum du am Freitag wieder geschwänzt hast …« Sie drehte sich nicht zu ihm um, aber er konnte sich vorstellen, wie ihr Gesicht jetzt aussah. Spöttisch und gequält zugleich. »Dein Lehrer hat angerufen«, schob sie als Erklärung nach.

»Oh Mann«, stöhnte er. »Mama, ich hab gerade ganz andere Sorgen.«

Jetzt legte sie das Küchenmesser weg und drehte sich doch zu ihm um. »Cap«, sagte sie, »du riskierst deinen Schulabschluss, das weißt du doch. Warum strengst du dich nicht mehr an? Wenn du wüsstest, was ich in Ghana dafür gegeben hätte, Abitur machen zu können. Ich habe so gekämpft, um überhaupt zur Schule gehen zu können.«

Er presste die Lippen zusammen. Warum musste sie ihm immer wieder ein schlechtes Gewissen machen, und dann noch vor Dennis? Er war nun einmal nicht in Afrika geboren, sondern in Hamburg, und hier galten andere Regeln. Er gab Dennis ein Zeichen, aus der Küche zu verschwinden, und schaute seiner Mutter ins Gesicht. »Was hat es dir gebracht, Mama, dein Kämpfen und dein toller Schulabschluss? Dass du hier jetzt den Dreck anderer Leute wegmachen kannst?«, sagte er leise. »Das will ich nicht! Ich will was Besseres! Und ich kriege es!«

»Dann streng dich mehr an! Kapierst du das denn nicht?« Ihre Augen funkelten vor Zorn. Sie hob die Hand, als wollte sie ihn schlagen, und er zuckte zurück. Doch sie legte ihre Finger an seine Wange, ganz sanft. »Gabriel«, sagte sie, »Gabriel, ich mache mir Sorgen um dich, weil ich dich liebe. Aber ich kann dich nicht mehr beschützen wie als kleiner Junge. Du musst selbst die Verantwortung für dein Leben übernehmen.«

Er lehnte seinen Kopf gegen ihre Hand. Für einen Moment wünschte er, er könnte ihr alles erzählen, das von der Villa und dem Jungen im Keller, von Lara, die er nicht verlieren wollte, von dem Durcheinander, das in ihm war. Doch er schaffte es nicht. Er schwieg. Irgendwann hatte er aufgehört, ihr alles anzuvertrauen, irgendwann in den letzten Jahren, seitdem er kein Kind mehr war. Und wie sollte sie ihm auch helfen können? Sie hatte ja recht, er musste selbst zusehen, wie er sein Leben auf die Reihe bekam.

»Es wird alles gut, Mama, mach dir keine Sorgen«, sagte er und stand auf.

Er wollte mit Dennis in seinem Zimmer verschwinden, doch sie ließ ihn nicht gehen. »Das Essen ist gleich fertig«, sagte sie.

Als sie zu dritt um den Küchentisch saßen und seine Mutter ihnen Hähnchenkeulen, Reis und Bohnen auffüllte, merkte er, wie hungrig er war. Er hatte ja nichts von dem Frühstück angerührt, das Lara ihm gebracht hatte. Ob Valentin schon alles aufgegessen hatte? Hoffentlich teilte er sich das Trinken gut ein, den Saft und den Tee. Vor heute Abend, wenn die Eltern im Bett waren, konnte er ja nicht in die Villa, um ... Er presste die Kiefer zusammen. Ja, um was genau zu tun? Heimlich ins Haus zu schleichen, während oben die Alten lagen, war keine schöne Vorstellung. Diese reichen Leute hatten doch sicher alle eine Pistole in der Nachttischschublade, oder? Und wenn die mal eben einen farbigen Typen in ihrem Haus erschossen, dann kamen die garantiert mit Notwehr davon. Egal! Es brachte nichts, sich verrückt zu machen. Erst mal würde er jetzt die Sache mit Lara wieder ins Reine bringen.

»Danke fürs Essen, Mama, war sehr lecker«, sagte er und schob seinen Stuhl zurück. Er nickte Dennis zu. »Lass uns mal los.«

An der Garderobe im Flur schnappte er sich sein Trussardi-Jackett und sie liefen die Treppen hinunter.

»Wo ist die Jacke denn her?« Ohne es zu wissen, benutzte Dennis die gleichen Worte wie Caps Mutter ein paar Tage zuvor. Nur, dass sein Gesichtsausdruck statt Misstrauen Anerkennung ausdrückte.

»Sommerschlussverkauf«, antwortete Cap.

Sie steuerten auf den schäbigen Spielplatz zu, auf dem sie manchmal abhingen, wenn ihnen nichts Besseres einfiel. Es war Sonntagnachmittag, aber außer ihnen waren nur zwei Jungs da, die einen Ball hin- und herkickten.

»Was geht ab, Mann?«, fragte Dennis, als sie auf einer der Bänke saßen.

»Nichts.« Cap bohrte die Hacken seiner Chucks in den Sand. »Könntest du das Auto von deinem Bruder kriegen? Ich muss nach Barsbüttel.«

»Nach Barsbüttel? Wo ist das denn? Was willst du da?«

»Es ist wegen einem Mädchen …«

Dennis boxte ihm gegen den Oberarm. »Ach nee … Und wie läuft es … ist sie cool?«

»Läuft super … Es ist nur so, ich will mich bei ihr entschuldigen. Ich hab mich heute Morgen dämlich benommen. Sie hält mich für einen Junkie.«

»Dich? Da kenne ich aber andere … Willst du ihr einen Strauß Rosen vorbeibringen?« Dennis kicherte.

»Nee«, antwortete er und zog den Ring hervor, der immer noch in einer seiner Hosentaschen steckte. »Das hier!« Er hielt den glitzernden Stein in die Sonne und ließ ihn funkeln.

Dennis pfiff durch die Zähne und nahm ihm den Ring ab. »Nicht schlecht, Alter«, murmelte er anerkennend. »Das sieht aus wie ein Diamant! Wo hast du den her?«

»Ist doch egal.«

»Und den willst du ihr schenken?«

Er nickte. »Macht man doch so, oder? Wenn man was wiedergutmachen will.«

»Das geht nicht! Das Teil ist viel zu wertvoll. Dann

denkt sie doch, du bist ’n Dealer.« Dennis musterte ihn. »Dealst du wirklich?«

»Quatsch!« Cap nahm ihm den Ring wieder weg. »Ich hab ihn von Leuten, die echt Kohle haben.« Er drehte den Ring zwischen den Fingern. »Was meinst du, was er wert ist?«

»Keine Ahnung, vielleicht fünfhundert oder auch tausend … Aber ich wüsste, wo man ihn loswird. Ich meine, wo man ihn verkaufen könnte. Und dann hast du genug Geld, um dem Mädchen was anderes zu schenken. Blumen oder Parfüm oder so …«

»Wo denn?«

Dennis senkte die Stimme, obwohl absolut niemand sie hören konnte. »Auf St. Pauli gibt’s einen Laden. Weiß ich von meinem Bruder.« Er stieß Cap mit dem Ellenbogen in die Seite. »Von mir aus holen wir das Auto und fahren los. Dann könnten wir danach noch was trinken gehen, bisschen amüsieren.« Er lachte anzüglich.

Cap zog die Augenbrauen hoch »Nix amüsieren. Wir verkaufen das Teil und dann fährst du mich nach Barsbüttel, kapiert?«

Eine Stunde später fuhren sie in dem alten Scirocco von Dennis’ Bruder über die Reeperbahn, die am Sonntagnachmittag verdreckt und verlassen dalag. Dennis war immer noch bester Laune. Er hatte sein Fenster runtergekurbelt, das Autoradio aufgedreht und sang lauthals mit. Cap ließ sich anstecken. *Shine bright like a diamond* … Wow, das war kein Zufall, dass jetzt dieser Song lief! Klar, alles würde gut werden. Für jedes Problem gab es eine

Lösung. Sie würden den Ring verscherbeln, er würde die Taschen voller Geld haben und sich wieder mit Lara vertragen, und am Abend, wenn Valentins Eltern im Bett waren, würde er den Typen rauslassen. Dann hatte der mal eine Nacht im Keller geschlafen. Es gab Schlimmeres auf Erden, oder nicht? Bei ihnen im Haus hatte sich im letzten Winter jede Nacht ein Alter reingeschlichen, um in dem scheißkalten Vorkeller auf dem Boden zu pennen.

Sie hielten in einer Nebenstraße und Dennis parkte schwungvoll ein. »Da drüben, das ist der Laden«, sagte er und deutete mit dem Kinn zu einem Schaufenster hinüber, auf dem in goldenen Großbuchstaben AN- UND VERKAUF stand. Als sie ausstiegen, konnte Cap erkennen, dass in der Auslage allerlei Zeugs durcheinanderlag, Handys, eine Play Station, ein Flachbildschirm, Uhren und auch Schmuck.

»Was meinst du? Ob das alles geklaut ist, was der hier hat?«, fragte er.

»Weiß nicht. Kann uns auch egal sein. Wir wollen ja nichts kaufen.« Dennis öffnete die Ladentür und steuerte auf die Theke zu.

Der hagere, grauhaarige Mann hinter dem Verkaufstisch sah ihnen mit einem Gesicht entgegen, das vor Argwohn knitterig war. Cap grinste. Wenn Dennis und er vorhätten, den Laden auszurauben, hätte der Alte keine Chance. Und auch die beiden schmächtigen Lederjackentypen, die das Angebot in den Regalen studierten, würden sich bestimmt nicht trauen, es mit Dennis und ihm aufzunehmen.

Lässig lehnte sich Dennis auf die Theke und sagte den Spruch, den er von seinem Bruder gehört hatte. »Mein Freund hier, der hat was, was Sie interessieren könnte.«

»So? Und was könnte das sein?« Der Blick des Mannes wanderte von Dennis zu Cap.

Cap holte den Ring aus der Tasche und legte ihn dem Alten vor die Nase. »Das hier!«

Der Mann zog die Augenbrauen zusammen. »Woher hast du das?«, fragte er.

Cap zuckte die Schultern. »Das kann Ihnen doch …«

Dennis fiel ihm ins Wort. »Mein Freund hat das Ding von seiner Mutter. Altes Erbstück nämlich, was jetzt leider verkauft werden muss. Die Finanzkrise, verstehen Sie. Und weil sie krank im Bett liegt, hat sie ihren Sohn geschickt. Weil sie das Geld braucht, um noch einmal in ihre Heimat fahren zu können. Und zwar schnell, bevor es zu spät ist.«

Staunend hörte Cap zu, wie sein Kumpel, der in der Schule den Mund nicht aufbekam, den Alten schwindlig redete. Er quasselte und handelte und feilschte, als hätte er nie im Leben was anderes gemacht. Klar, der Alte glaubte ihm kein einziges Wort, aber er tat zumindest so und am Ende schloss er tatsächlich seine Kasse auf und blätterte bares Geld auf die Theke. Einhundert, zweihundert, dreihundert Euro, in schönen neuen Fünfzigern.

»Vielen Dank, mein Herr«, sagte Dennis höflich und schob Cap die Scheine zu. Der rollte sie zusammen und steckte sie in die Hosentasche.

»Und jetzt verschwindet«, meinte der Mann. Er guckte

Cap todernst an. »Übrigens: viele Grüße an deine kranke Mutter …«

Lachend stolzierten die beiden Jungs zum Ausgang. Dennis drückte die Tür mit der Schulter auf und dann standen sie vor dem Laden und schauten hinaus in die Welt. Dreihundert Euro, mal eben so, kein schlechter Deal. Cap grinste breit und streckte die Brust raus. Als er die Hand auf seiner Schulter fühlte, drehte er sich um. Es war einer der beiden Typen in der Lederjacke. Er sah Cap nicht unfreundlich an.

»Was ist?«, fragte Cap.

»Ich würde gerne mal deine kranke Mutter kennenlernen«, antwortete der Mann.

Caps Kopfhaut begann zu kribbeln. Er schaute zu Dennis.

»Scheiße, Mann«, sagte Dennis. »Das sind Bullen.«

Eine Sekunde lang starrten sich die beiden Jungs an. Dann rannten sie los.

***

Auch Lara lief, als wäre sie auf der Flucht. Sie lief durch die Straßen ihrer Siedlung, die abgesehen vom Brummen eines Rasenmähers totenstill dalagen, über die Autobahn hinweg, hinaus aus dem Ort, vorbei an Spaziergängern, die ihre Hunde ausführten. Barsbüttel schlief seinen Sonntagsschlaf, und es gab nichts, was sie von ihren Gedanken ablenken konnte.

Warum war sie jetzt nicht mit Valentin zusammen, lag

mit ihm auf der Terrasse oder ging mit ihm an der Elbe spazieren? Warum amüsierten sie sich nicht zusammen im Pool oder lagen oben in seinem Zimmer auf dem Bett? Man konnte von dort aus auf den Fluss schauen und die Ozeanriesen vorbeiziehen sehen. Hier stand das Leben still – und sie auch, egal, wie schnell sie rannte. Ohne ihn fühlte sie sich wieder so unlebendig, wie sie sich all die Monate nach ihrem Umzug gefühlt hatte. War es nicht besser, sich auf ihn einzulassen, mit allen Konsequenzen und Schwierigkeiten, als ihn nie mehr wiederzusehen?

Was sollte sie tun? Was war richtig, was war falsch?

***

Valentin schrie. Immer wilder, immer wütender. Immer angstvoller. Er schrie nach seiner Mutter, nach seinem Vater. Es war sicher noch Sonntag, sie mussten zu Hause sein, zumindest seine Mutter. Sie mussten ihn doch hören!

Mit weit aufgerissenen Augen starrte er in die Dunkelheit. Sie wollten ihn bestrafen! Sie wollten ihn nicht hören, sie taten so, als wäre er nicht da. Die Panik schnürte ihm die Kehle zu. Die Panik und die Erinnerung, die tief in seinem Herzen vergraben war.

Gäste waren da, ein feines Abendessen mit weißer Tischdecke und Kerzenleuchtern und fremden Leuten, die laut und viel redeten. Ein Abendessen, bei dem man kein Kind gebrauchen konnte. Immer wieder hatten ihn seine Eltern hoch in sein Zimmer gebracht, erst seine Mutter, dann sein Vater. Und immer wieder war er aufgestanden, vorsichtig die Treppe hinunter, hatte auf einer Stufe gehockt mit seinem Teddy im Arm, um den Stimmen zuzuhören, dem Lachen und der Musik aus den Lautsprechern. Er konnte nicht schlafen, da oben, alleine in seinem Zimmer. Aber trotzdem hatte er für einen Moment die Augen geschlossen, eingelullt von der warmen, nach Braten und Zigaretten riechenden Luft und den Geräuschen aus der Essecke. Plötzlich war sein Vater da und packte ihn bei den Armen, schleppte ihn die Treppe hoch, zerrte ihn über den Flur und warf ihn wortlos aufs Bett. Die Tür wurde zugemacht, der Schlüssel rumgedreht. Er war gefangen.

Er hatte nicht aufgegeben. Er hatte an der Klinke gerüttelt und mit den Füßen gegen die Tür getreten. Die Musik unten im Wohnzimmer war lauter geworden und so hatte er nur noch verzweifelter geschrien. »Mama! Mama! Lasst mich raus!« Brüllen und Drohen und Betteln, bis er heiser war, das Gesicht rot und geschwollen vom Weinen. Irgendwann hatte er es begriffen. Sie wollten ihn nicht hören. Sie taten, als gäbe es ihn nicht. Erschöpft und leer war er auf dem Teppich eingeschlafen, mit dem Daumen im Mund, obwohl das verboten war, weil es sich für einen Fünfjährigen nicht mehr schickte.

Valentin presste die Handballen auf die Augen, um die Bilder zu verjagen. So viele Jahre hatte er nicht mehr an das unglückliche Kind von damals gedacht. Doch jetzt stiegen das Schluchzen, die Einsamkeit und die Ohnmacht wieder in ihm auf, als wäre all das erst gestern passiert.

Mit fahrigen Bewegungen machte er das Feuerzeug an und öffnete den Deckel der Pillenschachtel. Da war noch eins der kleinen roten Dinger. Mit dem letzten Rest des Orangensafts schluckte er es hinunter. Dann rollte er sich auf dem Boden zusammen und wartete darauf, dass die Droge ihn mitnahm in eine Welt, in der andere Bilder auf ihn warteten.

***

St. Pauli lag noch voll vom Dreck und Müll der Samstagnacht in der Sonne. Cap rannte durch die schmalen Straßen, stieß Leute zur Seite, stolperte über einen Betrunkenen auf dem Gehweg, sprang über einen Hund hinweg, der im Unrat schnüffelte. Er sah nur nach vorne, schaute sich nicht um, hörte nichts, wusste nicht, ob sie noch hinter ihm her waren. Er hatte Dennis aus den Augen verloren, nahm seinen lauten Atem nicht mehr wahr, er rannte einfach weiter, mit schmerzender Lunge und Seitenstechen. Bis plötzlich ein Polizist vor ihm stand. Er fing ihn auf und hielt ihn fest in den Armen wie ein Vater den Sohn, der auf ihn zugelaufen kommt.

Cap gab auf. Er wehrte sich nicht. Er lehnte den Kopf an die uniformierte Schulter des Polizisten und keuchte und japste und rang nach Atem.

Auf der Wache hatte sich sein Puls wieder beruhigt, aber seine Gedanken arbeiteten im Akkord. Sie konnten ihm nichts anhaben, oder? Valentins Mutter hatte doch bestimmt keine Anzeige gemacht wegen diesem verdammten Ring. Die hatte doch noch gar nicht gemerkt, dass das Ding fehlte, die flippte doch nur in der Gegend rum. Sie hatte ja noch nicht mal gecheckt, dass ihr Sohn verschwunden war … Er musste einfach nur behaupten, dass er den Ring gefunden hatte, dann konnten sie ihm gar nichts. Aber was war mit den iPhones? Wenn die Bullen sahen, dass er zwei davon hatte, wurden die garantiert misstrauisch. Er griff in seine Hosentasche und stellte erleichtert fest, dass er nur ein Handy dabeihatte. Das von Valentin lag noch bei Dennis im Auto, weil er versucht hatte, es an die Musikanlage anzuschließen. Was für ein Glück.

»Lass die Hände auf dem Tresen, Junge!« Die Stimme des Polizisten unterbrach seinen Gedankenstrom. Er stand hinter ihm und tastete ihn ab wie einen Verbrecher. Er zog ihm alles aus den Taschen, was er finden konnte, und legte es in eine Plastikschale. Das Handy, die beiden Schlüsselbunde mit den Jim-Block-Anhängern, ein Feuerzeug und das hübsche Röllchen mit den Fünfzigeuroscheinen.

Cap seufzte. Die würden sie ihm bestimmt abknüpfen, die Idioten.

»Warum hast du zwei Schlüsselbunde?«, fragte der Polizist.

»Einer ist von zu Hause.«

»Und der andere?«

»Der andere? Der gehört Leuten, für die ich ab und zu was arbeite. Rasen mähen und den Pool sauber machen, aufräumen, Einkäufe …«

»Hast du keinen Personalausweis mit?«

»Nee, hab ich nie. Wird einem nur geklaut, wenn man Pech hat.«

»Apropos klauen. Jetzt kommen wir mal zur Sache.« Der Polizist knackte mit den Fingern, etwas, das Cap nicht ausstehen konnte. »Wo habt ihr den Ring geklaut, du und dein Freund? Die Geschichte mit dem Erbstück und der kranken Mutter ist doch ein Witz.«

»Der ist nicht geklaut! Den hab ich gefunden! In der S-Bahn …« Cap atmete tief durch. Dann servierte er dem Polizisten eine Story, die sich gar nicht so schlecht anhörte. Aber natürlich glaubte der Typ ihm kein Wort, das war auf hundert Meter Entfernung zu erkennen. Trotzdem klärte er ihn darüber auf, dass Fundsachen abzugeben seien, der Verkauf strafbar wäre und er deshalb eine Anzeige kassieren würde.

Cap überlegte kurz, ob er sich mit einem falschen Namen aus der Affäre ziehen sollte, lies es jedoch bleiben, weil es eh auffliegen würde. Er gab seinen Namen, sein Alter, seine Adresse an. Nur den Namen von Dennis, den rückte er nicht raus. Dennis hatte mit der ganzen Geschichte nichts zu tun.

Der Polizist schrieb alles mit und reichte ihm dann ein Telefon. »Nun, Gabriel«, sagte er, »dann ruf mal deine Mutter an. Wenn es stimmt, dass du noch nicht achtzehn bist, dann soll sie dich hier auf der Wache abholen.«

Ihm wurde heiß. Mann, seine Mutter würde ausflippen, wenn sie von der Sache erfuhr. Aber Moment … er konnte sie ja gar nicht anrufen! Sie hatte doch den neuen Job in der Oper als Türsteherin, da durfte sie ihr Handy nicht anhaben. Den ganzen Nachmittag war sie da, und zur Abendvorstellung auch noch.

»Meine Mutter ist gerade in der Oper«, antwortete er und musste leider grinsen.

»Klar«, meinte der Polizist. »Und was singt sie? Die Königin der Nacht?« Plötzlich haute er mit der Hand auf den Tresen. »Verarschen kann ich mich selbst!« Er griff zum Telefon und wählte erst die Festnetznummer und dann die Handynummer, die Cap ihm genannt hatte.

»Niemand zu erreichen, zumindest das stimmt ...« Er ließ Cap stehen, sprach ein paar Worte mit einem Kollegen und kam wieder. »Okay«, sagte er, »dann bleibst du jetzt erst mal in der Zelle, bis wir deine Mutter erreicht haben.«

»Was? In welcher Zelle?« Er schluckte. Mann, die sollten ihn gefälligst gehen lassen!

»In der Ausnüchterungszelle.« Der Polizist schob ihn vor sich her in den hinteren Teil der Wache, wo von einem Flur mehrere Türen abgingen. »Gürtel her, Schuhbänder aus den Schuhen.«

»Nein, Mann!« Er funkelte den Polizisten an. »Ich will jetzt nach Hause! Ich hab noch was Wichtiges vor!«

Der Polizist blieb ganz ruhig. Mit einem schnellen Griff hatte er ihm den Gürtel aus den Schlaufen gezogen. Den teuren Dolce-und-Gabbana-Gürtel! »Und jetzt bück dich und zieh die Schuhbänder raus!«

»Warum denn?«

»Das ist Pflicht. Es haben sich schon Leute damit erhängt. Also los jetzt!« Die Stimme des Polizisten verriet Ungeduld. Cap gingen die Bilder von dem Schwarzen durch den Kopf, der ein paar Wochen zuvor auf einer

Polizeiwache in Hamburg so geschlagen worden war, dass sich sogar die von der Zeitung empört hatten.

»Okay, okay …« Widerwillig gehorchte er.

Dann stand er in einer nackten Zelle, in der es nichts gab als eine schmale Pritsche. Er starrte auf die Tür, die sich hinter ihm schloss. Er hörte das Geräusch eines Riegels, der zugeschoben wurde. Er war gefangen!

***

Lara hielt es nicht aus, nichts zu tun. Sie schaffte es nicht abzuwarten, bis der Schmerz und die Sehnsucht vielleicht irgendwann einmal weniger wurden. Sie musste mit irgendjemandem über Valentin reden. Mit jemandem, der ihn kannte und der ihr vielleicht sagen konnte, wie sehr Valentin sich auf die beschissenen Drogen eingelassen hatte. Und so hatte sie sich durchgerungen und Melanie nach Eriks Telefonnummer gefragt.

Jetzt saß sie auf ihrem Bett, mit dem Telefon am Ohr, und bereute es bereits nach einer Minute, sich diese Blöße gegeben zu haben.

»Ob Valentin Drogen nimmt?« Erik lachte arrogant. »Warum willst du denn das wissen?«

»Warum wohl? Weil ich mir Sorgen um ihn mache.«

»Wie niedlich.« Erik lachte noch mehr. »Sag bloß, du willst ihn retten?«

»Ja, genau. Stell dir vor. Das will ich.«

Plötzlich hörte Erik auf zu lachen. »Der ist nicht zu retten, Lara«, sagte er. »Der kifft, seitdem er vierzehn ist.

Und bis jetzt hat er keinen Grund gehabt, damit aufzuhören.«

»Ja, bis jetzt. Aber das kann sich ja ändern. Jeder kann sich ändern. Und Valentin ganz bestimmt.« Während sie die Sätze aussprach, wuchs in Lara der Zweifel an ihren eigenen Worten.

»Lass lieber die Finger von ihm«, sagte Erik. »Der ist schräg drauf.« Noch immer klang er düster und ernst. Doch plötzlich lachte er wieder sein dreckiges, anzügliches Lachen. »Wie wäre es, wenn du vorbeikommst und erst mal mich rettest? Ich wüsste auch schon, wie. Auf jeden Fall hättest du mehr Spaß als mit unserer eisernen Jungfrau, das garantiere ich dir.«

»Du tickst doch nicht richtig!« Lara legte auf und warf das Telefon aufs Bett. Was für ein Idiot! Wie konnte Valentin mit dem nur befreundet sein? Diesen Anruf hätte sie sich sparen können. Eriks Bemerkungen hatten ihr ganz bestimmt nicht weitergeholfen. Nein, im Gegenteil – Valentin blieb ihr ein Rätsel. Und sie wusste weniger als zuvor, ob es richtig war, dieses Rätsel lösen zu wollen.

***

Valentin presste die Hände auf die Ohren, doch die verächtlich zischenden Stimmen wurde er nicht los. »Valentin«, flüsterten sie, »hey, Valentin, was machst du hier? Du gehörst hier nicht hin, das weißt du doch. Geh weg, Valentin.«

Was waren das für Wesen, die ihn mit ihren kalten Fingern anfassten, die über ihn lachten und ihn verspotteten? Mal taten sie freundlich und streichelten ihn, dann wieder schauten sie ihn strafend an. Sie waren enttäuscht von ihm, aber warum nur? Was hatte er getan? Was hatten sie mit ihm vor?

Er versuchte wegzulaufen, aber er trat auf der Stelle. Egal, wie sehr er sich auch anstrengte, keinen Zentimeter kam er voran. Sein Herz raste, aber er schaffte es nicht, den Wesen zu entkommen. »Tu doch was, Valentin, tu endlich was. Du musst dich mehr anstrengen, du Versager«, hörte er sie kichern.

Mit jedem Versuch, sich zu befreien, ließen seine Kräfte und sein Widerstand nach. Seine Muskeln schienen sich aufzulösen. Bis er schließlich aufgab. Dicht zog er die Knie an den Körper und wiegte sich hin und her. Das Universum, in das die Pille ihn geschleudert hatte, war auf seine eigene Weise genauso grausam wie der dunkle, einsame Keller, in dem er sich befand.

***

Der Polizist war kein Unmensch. Er hatte Cap am Abend noch ein paarmal seine Mutter anrufen lassen, allerdings vergeblich, und er hatte ihm eine Plastikflasche Wasser, eine Packung Kekse und eine Wolldecke in die Zelle gebracht. Cap war irgendwann eingeschlafen, obwohl er aufgedreht und nervös bis in die Haarspitzen war.

Am nächsten Morgen wurde er von einem älteren Polizisten geweckt, der eine Neuigkeit für ihn hatte.

»Deine Mutter kommt gegen vierzehn Uhr«, sagte er und drückte ihm einen Pappbecher mit lauwarmem Tee in die Hand.

Cap sprang auf, sodass der Tee überschwappte. »Haben Sie sie endlich erreicht? Warum kommt sie nicht sofort? Ich will hier raus!«

»Sie hat gegen Mitternacht auf deinem Handy angerufen, da hast du schon geschlafen. Sie hat gemeint, wir sollten dich nicht wecken.«

»Wieso das denn nicht?«

»Ich glaube, sie ist der Meinung, dass dir eine Nacht bei uns ganz guttut. So als Warnschuss, denke ich.«

Empört starrte Cap den Polizisten an. Warum grinste der so selbstgefällig? »Dass mir das guttut, eine Nacht in diesem Scheißgefängnis?! Das hat sie gesagt?«

»Na, na, achte mal auf deine Wortwahl, Junge.« Der Polizist sah plötzlich übellaunig aus. »Sie holt dich ab, sobald sie von der Arbeit kommt.«

Cap ließ sich auf die Pritsche sinken. »Mann«, stöhnte er, »können Sie mich nicht einfach gehen lassen? Sie haben doch jetzt mit meiner Mutter telefoniert. Das reicht doch!«

»Sie wird dich abholen, kapiert?«, wiederholte der Polizist, drehte sich um und ließ ihn in der Zelle zurück.

»Und was ist mit Schule?! Immerhin muss ich zur Schule, oder nicht?«, rief Cap ihm hinterher. Aber der blöde Bulle reagierte nicht.

Was für ein Mist! Er hätte am liebsten den Becher gegen die Tür gepfeffert. Aber wer weiß, was das wieder für einen Ärger nach sich ziehen würde … Er trank den Tee aus und vergrub den Kopf in den Händen. Wenn sie ihm wenigstens sein iPhone wiedergeben würden, damit er Musik hören konnte. Er klopfte an die Tür, und als der Polizist ihm öffnete, versuchte er ihm so höflich, wie er es nur hinbekam, das iPhone abzuluchsen. Aber der Mann ließ ihn kaum ausreden.

»Du kriegst das Handy, wenn dein kleiner Urlaub hier zu Ende ist. Nutz die Zeit zum Nachdenken«, sagte er und verschwand wieder.

Nachdenken! Benutz deinen Kopf, Cap, streng dich mehr an. Als wenn er mit Nachdenken auch nur einen Schritt weiterkam. Die sollten ihn rauslassen, sonst nichts. Er stöhnte, streckte sich auf der Pritsche aus und verschränkte die Hände im Nacken.

So lag er auch noch da, als endlich, endlich die Tür wieder aufging und ihn der Polizist in den Tresenraum brachte. Da stand seine Mutter, müde und traurig. Sie ging auf ihn zu, nahm seinen Kopf zwischen ihre Hände und sah ihm ins Gesicht.

»Was machst du bloß, Cap?«, murmelte sie. Da war keine Wut in ihrer Stimme, nur diese Erschöpfung, die schlimmer war als jede ihrer zornigen Ermahnungen. Cap ertrug ihre Hilflosigkeit nicht. Er wandte den Blick ab und machte sich von ihr los.

Der Polizist gab ihm seine Sachen wieder, Cap unterschrieb ein Papier, das er sich nicht durchlas, und dann stolzierte er hinter seiner Mutter her aus der Polizeiwache. Er bemühte sich, aufrecht zu gehen. Die sollten ja nicht denken, dass sie ihn eingeschüchtert hatten!

Auf dem Weg zur S-Bahn hatte seine Mutter ihr Selbstbewusstsein wiedergefunden. Sie ging mit harten, schnellen Schritten, trotz ihrer hochhackigen Sandalen, und löcherte ihn mit Fragen. Cap blieb stur bei der Version, dass er den Ring gefunden hatte. Er wusste, dass sie ihm genauso wenig glaubte wie die Polizei, doch auch sie konnte ihm nicht das Gegenteil beweisen.

»Mama«, sagte er, »so was kommt vor. Manchmal hat man eben Glück im Leben. Ich hab dir doch gesagt, dass ich es schaffe!«

Sie blieb stehen. »Durch Klauen, Gabriel?«, sagte sie ganz ruhig. »Du willst es durch Klauen schaffen? Du hast doch gesehen, wohin dich das gebracht hat.«

Er antwortete nicht. Stumm gingen sie nebeneinanderher. In ihm brodelte es. Warum machte sie ihm eigentlich Vorwürfe? Wenn sie gewollt hätte, dann wäre sein Leben so verlaufen, dass er gar nicht erst in Versuchung geraten wäre, was zu klauen. Dann hätten sie selbst genug Kohle gehabt. Machte sie sich eigentlich jemals darüber Gedanken?

Als sie beim Bahnhof ankamen und seine Mutter auf den Bahnsteig zusteuerte, zupfte er sie am Ärmel ihres Sommerkleids.

»Warte mal, Mama«, sagte er. »Ich muss in die andere Richtung. Ich muss noch mal nach Othmarschen.«

»Das kann ja wohl nicht wahr sein, Cap …«

»Es ist wirklich sehr wichtig, es dauert auch nicht lange!«

Sie schüttelte den Kopf. »Du kommst mit mir nach Hause und sonst nichts.«

»Bitte, Mama!«

»Nein! Wenn du dich jetzt wieder verdrückst, dann brauchst du gar nicht mehr nach Hause zu kommen! Ich meine es ernst.« Sie schaute ihn mit einem Gesichtsausdruck an, der so wild und entschlossen war und gleichzeitig so voller Kummer, dass er kapitulierte.

Sie sprachen kein Wort mehr auf der Fahrt zur Veddel. Er starrte aus dem Fenster, ohne irgendetwas wahrzunehmen. Geradezu körperlich spürte er, wie sehr sie sich Sorgen um ihn machte. Er hätte gerne irgendetwas gesagt, um sie zu trösten, um ihr zu zeigen, dass er ihr nicht wehtun wollte, aber er blieb stumm. Was hätte er sagen sollen?

Als sie nebeneinander das Treppenhaus hochgingen, öffnete sich im dritten Stock, dort wo Dennis wohnte, die Haustür. Dennis stand im Eingang. »Hi, Cap, wie geht's? Alles klar?«, sagte er und musterte ihn nervös.

»Kann ich wenigstens kurz zu Dennis?«, fragte er seine Mutter, doch sie schüttelte den Kopf.

Dennis grinste hilflos und sah Caps Mutter an. »Ich gebe ihm nur eben schnell seine Jacke zurück, okay? Die lag im Auto von meinem Bruder.« Er machte die Tür weiter auf, um Cap in die Wohnung zu lassen.

»Okay«, antwortete sie, »dann hole die Jacke. Wir warten hier.«

Cap biss sich auf die Unterlippe. Mein Gott, war sie stur! Nicht einmal für drei Minuten ließ sie ihn aus den Fängen.

Dennis kam mit der Jacke und drückte sie ihm in die Hand. »Alles klar?«, wiederholte er seine Frage.

»Alles cool, Alter, kein Problem, echt nicht.« Er boxte Dennis gegen die Schulter und trottete vor seiner Mutter her in den sechsten Stock.

»Ich mache uns was zu essen. Es gibt noch Hühnchen von gestern. Und du gehst bitte unter die Dusche. Du stinkst«, sagte sie, als sie in der Wohnung waren.

»Mama! Du behandelst mich wie ein Kind!«

»Ganz genau«, antwortete sie. »Und jetzt tu, was ich dir sage.«

Er ging ins Bad, schloss die Tür hinter sich und ließ Wasser in die Wanne ein. Er sehnte sich plötzlich danach, sich ins heiße Wasser sinken zu lassen.

Sein Handy klingelte. Während er Badeseife ins Wasser schüttete, zog er es aus der Hosentasche und warf einen Blick auf das Display. Es war Lara! Er ließ sich auf dem Rand der Wanne nieder und eine Welle der Erleichterung schwappte in ihm hoch. Lara rief an. Das war ein richtig gutes Zeichen!

***

Es war wie immer. Lara war aus Valentin und der Art, wie er sich verhielt, nicht schlau geworden. Noch bevor sie loswerden konnte, dass sie noch gerne einmal mit ihm reden wollte, hatte er sie schon mit seinen Gefühlen und Wünschen überfallen.

»Bitte komm zu mir, Lara«, hatte er gebettelt, »ich darf jetzt nicht raus, meine Mutter ist ziemlich wütend auf mich. Aber dich wird sie nicht wegschicken, ganz bestimmt nicht.

Sie wird dich mögen. Komm doch bitte, ich drehe hier noch durch. Ich brauche dich, Lara!«

Sie hatte geglaubt, dass es immer noch um die spontane Party und das unordentliche Wohnzimmer ging. Etwas, mit dem sie nichts zu tun haben wollte. Doch er hatte sie geradezu angefleht, ihn nicht im Stich zu lassen, und natürlich hatte sie ihm nicht widerstehen können.

»Okay«, hatte sie gesagt, »in einer Dreiviertelstunde bin ich in Othmarschen.« Doch dann hatte er ihr eine andere Adresse gegeben, eine auf der Veddel, und ihr in hastigen Worten erklärt, dass er bei seiner Mutter war, seiner leiblichen Mutter, seiner richtigen.

»Wenn du kommst, sag kein Wort über die Elbchaussee und die Villa«, hatte er sie beschworen, »kein einziges Wort! Meine Mutter will davon nichts wissen, verstehst du! Sie flippt sonst aus.«

Klar, das hatte sie verstanden. Sie wusste noch, wie es bei ihrer Freundin Maike in Flensburg gelaufen war. Maikes Mutter war absolut nicht scharf darauf gewesen, dass ihr jemand von dem neuen Haus und der neuen Frau ihres Exmannes erzählte. Für Maike war es richtig schlimm, dass sie diesen Teil ihres Lebens vor ihrer Mutter verbergen musste.

Bevor sie aufgelegt hatte, war Valentin mit noch einer Bitte gekommen. »Lara«, hatte er gesagt, »bei meiner Mutter heiße ich Cap oder auch Gabriel! Das ist mein afrikanischer Name, der, den sie für mich ausgesucht hat. Cap, verstehst du? Cap! Sag ja nicht Valentin, so nennen mich mein Vater und seine Frau! Meine Mutter will, dass man mich Cap nennt.«

Sie verstand auch das. Sie verstand, wie schwer das alles für ihn war. Aber was sie nicht einordnen konnte, war die verzweifelte Dringlichkeit, mit der er auf sie eingeredet hatte. Wie ein Verschwörer, ein Getriebener. Wie jemand, der Angst hat.

Jetzt saß sie im Auto und fuhr auf der A1, der schnellste Weg, um auf die Veddel zu kommen. Sie überquerte die Norderelbe, fuhr von der Autobahn ab und war plötzlich in einem Industriegebiet, in dem sie noch nie gewesen war. War sie falsch abgebogen? Das Navi lotste sie vorbei an Hafenbecken und durch Straßen, in denen kein Mensch unterwegs war. Was für eine öde Gegend. Selbst bei Sonnenschein sah es hier trist und grau aus.

Mithilfe des Navis gelangte sie schließlich zu dem Wohnblock, den Valentin als seine Adresse genannt hatte. Sie parkte neben einem kaputten Opel, der schon zur Hälfte ausgeschlachtet worden war. Die Radkappen fehlten und sogar die Rückbank hatte jemand ausgebaut. Als sie ausstieg und auf das Mietshaus zuging, johlten ein paar Typen hinter ihr her, die auf dem Dach eines alten VW-Busses saßen und Bier tranken. Sie zog die Schultern hoch und beeilte sich, den Eingang zu erreichen. Sechster Stock, hatte Valentin gesagt, oder auch Cap ... Während sie auf den Fahrstuhl wartete, der nicht kam, weil er außer Betrieb war, begann sie seine Zerrissenheit besser zu verstehen. Wie sollte man auch klarkommen, wenn sich das eigene Leben in zwei Welten abspielte, die so weit auseinanderlagen?

Mit klopfendem Herzen kam sie im sechsten Stock an

und klingelte. Ein paar Sekunden später ging die Tür auf. Eine dunkelhäutige Frau in einem bunten Sommerkleid stand ihr gegenüber.

»Ja, bitte?«, fragte sie.

»Ich wollte zu Valentin«, antwortete Lara.

Sie sah den irritierten Ausdruck auf dem schönen, faltenlosen Gesicht von Valentins Mutter und zuckte innerlich zusammen. Verdammt, jetzt hatte sie den falschen Namen gesagt. »Entschuldigung«, schob sie schnell nach, »ich meinte natürlich zu Cap.«

»Ach so …« Valentins Mutter drehte sich zur Wohnung. »Cap! Besuch für dich!«, rief sie und im selben Moment trat sie auch schon zur Seite und ließ Lara herein.

»Komm nur«, sagte sie, »Cap ist in der Küche. Wir haben gerade Kaffee getrunken. Möchtest du auch einen?«

»Danke, im Moment nicht«, antwortete Lara. Dann stand sie Valentin gegenüber, der sie verlegen angrinste, aber unbeirrt auf sie zutrat und ihr einen Kuss gab.

»Mama«, sagte er, »das ist Lara, meine Freundin.«

Seine Mutter zögerte einen Moment, doch auf ihrem Gesicht machte sich ein Lächeln breit. »Schön, dich kennenzulernen, Lara«, sagte sie.

Lara gab ihr die Hand und lächelte auch – zum ersten Mal hatte Valentin sie als seine Freundin bezeichnet!

»Wir gehen auf mein Zimmer, Mama.« Valentin sah immer noch reichlich verlegen und unsicher aus. Als sich die Tür hinter ihnen schloss und sie in dem schmalen Raum allein waren, atmete er hörbar aus. Und auch sie war erleichtert, nicht mehr dem Blick seiner Mutter ausgesetzt zu sein. Er war nicht weniger neugierig gewesen als der Blick, mit dem seine Stiefmutter sie gemustert hatte.

Sie sah sich in seinem Zimmer um, das so ganz anders war als das in Othmarschen. Nur das Chaos war ähnlich. In der Villa gab es einen flauschigen Teppich, die Ledersessel, den großen Schreibtisch, Regale voller Bücher. Und dazu noch den Ausblick in den Garten und über die Elbe. Hier bestand der Boden aus fleckigem Linoleum, das allerdings kaum zu erkennen war, weil überall Kleidungsstücke und zerfledderte Kickermagazine herumlagen. Es gab eine ausgeklappte Bettcouch, einen Holztisch und einen alten Bürodrehstuhl. Über der Couch hing eine jamaikanische Fahne, auf der gegenüberliegenden Wand klebte ein altes, eingerissenes Poster von Rihanna im getigerten Body. Wenn man aus dem Fenster schaute, sah man auf eine vierspurige Straße, über die die Lastwagen rumpelten.

Valentin pfefferte einen Berg Klamotten vom Bett und setzte sich auf das zerwühlte, schmuddelige Laken. Mit einem schweren Seufzer lehnte er sich gegen die Wand. »Du bist wirklich meine Rettung, Lara«, sagte er, »meine einzige Rettung.«

Die Worte kamen ihr übertrieben vor, dramatisch wie im Kino. Aber sein Gesicht drückte eine solche Ernsthaftigkeit aus, wie sie sie bei ihm noch nicht erlebt hatte. Sein schönes, geliebtes Gesicht, das auf einmal viel älter wirkte als sonst.

»Ich habe so viel Mist gebaut«, murmelte er.

»Was ist denn passiert?«, fragte sie und kniete sich

neben ihn aufs Bett. »Kann ich dir irgendwie helfen?« Ihr Herz war voller Mitgefühl.

Doch er schüttelte den Kopf. »Es reicht, dass du hier bist und dass du mir hilfst, aus der Wohnung zu kommen. Mehr kann ich dir nicht sagen. Es geht einfach nicht. Ich muss das alles erst einmal wieder in Ordnung bringen.«

»Was denn? Kann ich denn wirklich nichts für dich tun, Valentin?«

Immer noch sah er ernst und unglücklich aus. »Ja«, sagte er. »Etwas kannst du machen – nenn mich nicht mehr Valentin!«

Lara schaute ihn überrascht an. Wie bitter und entschlossen er auf einmal klang. Er erwiderte ihren Blick nicht. Er nahm sie in die Arme und drückte sein Gesicht in ihre Haare. »Nenn mich bitte Cap«, hörte sie ihn murmeln, »Cap.«

***

Er war ihr so dankbar, dass sie bei ihm war. Und er hatte eine solche Sehnsucht nach ihr, als hätte er sie schon verloren. Immer wieder küsste er ihre Haare, ihre Schläfen, ihren Hals, murmelte ihren Namen wie eine Beschwörungsformel. »Lara … Lara.« Er schob seine Hände unter ihr T-Shirt, um ihre Haut zu spüren, öffnete ihren BH, zog ihr den kurzen schwarzen Rock aus. Und sie schien ihm verziehen zu haben! Sie schmiegte sich an ihn, half ihm aus der Jeans. Nackt lagen sie unter der dünnen Bettdecke, dicht an dicht, und er wollte sie lieben, wollte alles um sich herum vergessen.

Aber es ging nicht. Er schaffte es nicht, seinen Kopf abzuschalten. Die Bilder und Szenen der letzten Tage stürmten auf ihn ein. Das Gesicht seiner Mutter, die ihm beim Essen gegenübersaß, die Zelle auf der Wache, der Polizist, der ihn abtastete, die wilde Flucht durch die Straßen St. Paulis, die magere blonde Frau, die ihn misstrauisch musterte, die Party, bei der er so ausgelassen getanzt hatte. Und immer wieder der schlafende Junge auf dem Kellerboden … Der Junge, der vielleicht nichts mehr zu essen und zu trinken hatte … Der Junge, den er endlich befreien musste. Valentin.

»Lara«, sagte er, »Lara, das hat nichts mit dir zu tun. Aber ich bin gerade ziemlich durcheinander. Es tut mir leid. Aber glaub mir bitte, ich liebe dich, Lara, und das wird so bleiben, auch wenn alles zusammenbricht.« Einen Moment lagen sie still nebeneinander und er spürte ihren Herzschlag. Dann ließ er sie los, setzte sich auf und zog sich wieder an. »Ich muss nach Othmarschen und etwas erledigen, jetzt sofort.«

Lara hatte den Blick gesenkt. Er konnte nicht erkennen, was in ihr vorging, als sie sich ebenfalls anzog. Doch dann schaute sie auf und er sah, dass sie nicht enttäuscht war, sondern voll Sorge. »Soll ich dich hinfahren … Cap?«, fragte sie.

»Ich nehme die S-Bahn, das dauert auch nicht länger. Ich muss das alleine durchziehen.«

»Es hat mit deinem Vater zu tun, oder?«

Unwillig schüttelte er den Kopf. Mit seinem Vater? Diesem Niemand, von dem er nicht mal den Namen kannte? »Nein«, sagte er und hatte gleichzeitig das Gefühl, dass Lara recht hatte, auch wenn sie jemanden anderen meinte. Irgendwie hatte diese ganze verdammte Geschichte auch mit seinem Vater zu tun, dem Geldsack, der sich kein einziges Mal bei ihnen hatte blicken lassen, weil er nicht einmal von der Existenz seines Sohnes wusste. Der irgendwo in dieser Stadt wohnte, vielleicht nur ein paar Kilometer von ihm entfernt, irgendwo, nur ganz bestimmt nicht auf der Veddel.

Eine Sekunde lang zögerte er. »Ich sag meiner Mutter, dass wir an die frische Luft wollen«, sagte er schließlich. »Dann lässt sie mich sicher gehen.«

Er hatte Glück. Seine Mutter saß am Tisch vorm Laptop und skypte mit ihrer Schwester in Ghana, etwas, das sie normalerweise sonntagabends machte. Cap hatte das Gefühl, als hätte sie gerade über ihn gesprochen. Er schob sein Gesicht neben ihres und grinste in die Kamera.

»Hi, Aba, alles klar?«, meinte er. Dann drückte er seiner Mutter einen Kuss auf die Wange. »Ich gehe noch mal mit Lara raus, Mama. Ich verspreche dir auch, keinen Mist mehr zu machen. Ehrlich, Mama.«

Seufzend erhob sie sich vom Küchenstuhl und sah ihn an. »Na gut, Cap. Ich vertraue dir, hörst du? Aber ich will so was nicht noch mal erleben. Nie wieder.« Sie gab ihm ebenfalls einen Kuss. »Komm bitte nicht so spät nach Hause.«

Als er zur Küche rausging, saß sie wieder vor dem

Computer. »Er ist eigentlich ein guter Junge, Aba«, hörte er sie in ihrer Sprache sagen, die er gut genug verstand, um lauschen zu können. Er blieb vor der Tür stehen. *Eigentlich*, hatte sie gesagt. Jetzt kam all das, was sie an ihm kritisierte.

»Er ist so begabt und so voller Energie und Leben. Aber er will alles, und zwar sofort. Er hat keine Geduld, Aba! Das Leben, das er in dieser Stadt kennenlernt, ist eine einzige Verführung für den Jungen. Ich mache mir Sorgen um ihn.«

»Du brauchst dir keine Sorgen zu machen, Mama«, sagte er leise. »Ich krieg das hin. Versprochen.«

***

»Bis bald, Cap.« Lara versuchte ein Lächeln. Wie merkwürdig es war, auf einmal einen anderen Namen für Valentin zu benutzen. Aber er hatte sie so eindringlich darum gebeten, dass sie sich zusammenriss.

Er beugte sich vom Beifahrersitz aus zu ihr hinüber und nahm sie in die Arme. »Ich melde mich, Lara. Ich melde mich, sowie das alles vorbei ist.«

»Was denn nur? Worum geht es denn?«

Doch natürlich bekam sie wieder keine Antwort. Stattdessen küsste er sie so, als wäre das ein Abschiedskuss. Drängend und stürmisch und trotzdem mit den Gedanken schon wieder ganz woanders. Das merkte sie, als er sie abrupt losließ.

Er stieg aus und ging auf die S-Bahn zu, drehte sich

noch einmal zu ihr um und winkte ihr zu. Lässig sollte das aussehen, aber er konnte sie nicht täuschen. Er hatte irgendetwas vor, etwas, das ihn aufwühlte und unentwegt beschäftigte. Etwas, das er nicht mit ihr teilen wollte. Für eine Sekunde blitzte der Gedanke in ihr auf, dass er in Othmarschen eine Freundin hatte, von der sie nichts wissen sollte. Doch da war eine Stimme in ihr, die ihr zuflüsterte, dass es um etwas anderes ging, etwas Gefährliches. Und hatte er nicht vorhin »Ich liebe dich, Lara« gesagt? Ich liebe dich! So glücklich war sie gewesen, diese drei Worte von ihm zu hören. Und trotzdem so verwirrt.

Unruhig, wie sie war, wäre sie ihm am liebsten heimlich gefolgt. Doch sie sah ihm zu, wie er im Bahnhof verschwand, und blieb sitzen. Sie konnte ihm doch nicht hinterherschleichen wie eine eifersüchtige Ehefrau. Stattdessen nahm sie ihr iPhone aus der Tasche. Vielleicht fand sie ihn jetzt, wo sie seinen afrikanischen Namen kannte, bei Facebook. Aber weder als Cap noch als Gabriel war er im Netz zu finden. Wie dumm, dass sie schon wieder vergessen hatte, ihn nach seiner Facebookadresse zu fragen. Sie schickte ihm eine SMS, ohne eine Antwort zu erhalten.

***

Es war kurz nach achtzehn Uhr, als Cap vor der Villa stand. Es war nicht zu erkennen, ob jemand im Haus war – jemand anderes als Valentin. In Gedanken ging er noch einmal alles durch: Valentins Mutter hatte gesagt, sie käme heute Abend wieder und der Vater erst am Dienstag.

Und die Hausangestellten, diese Frau Bonasera und der Gärtner, die hatten doch um diese Uhrzeit sicher schon Feierabend. Eigentlich konnte niemand im Haus sein. Vorsichtshalber klingelte er. Als sich keiner rührte, schloss er auf.

Das Haus war still, bis auf das leise Geräusch, das seine Chucks auf den Terrakottafliesen im Wohnzimmer machten. Als er an der Theke vorbeikam, fiel ihm die Nachricht auf, die dort lag. *Marcel hat angerufen. Er kommt Freitag zum Rasenmähen, Gruß, M. B.* – das hatte sicher Frau Bonasera geschrieben. Er sah sie vor sich, ohne sie jemals zu Gesicht bekommen zu haben. Eine freundliche ältere Frau mit schwarzen Haaren.

Mit wenigen Schritten war er an der Metalltür, die zum Keller führte. Er öffnete sie. Auch von da unten war nichts zu hören. War es eine Totenstille, die durch den dunklen Gang zu ihm hochkroch? Eine Grabesstille? Blödsinn … seine Fantasie ging mit ihm durch. Trotzdem lauschte er beklommen, vier, fünf Sekunden lang.

Vielleicht war es die Angst vor dem, was ihn da unten erwartete. Vielleicht auch das Wissen darum, dass dies hier die letzten Minuten waren, die er in der Villa an der Elbchaussee verbrachte. Er kehrte um und lief die Treppe hoch, ein letztes Mal noch … Dies war der Abschied von seinem Leben als Valentin Voigt. Er schaute sich in Valentins Zimmer um, das Bett, in dem er mit Lara die Nacht verbracht hatte … der Schreibtisch mit dem PC … er tippte auf eine Taste … klar, der Computer war immer noch an. Dann ging er wieder auf den Flur. Okay, es gab keinen Grund, noch länger zu warten. Er würde jetzt in den Keller gehen.

Wieder kam ihm das Geräusch seiner Schuhsohlen ungewöhnlich laut vor in der Stille des Hauses. Doch plötzlich, auf der Treppe hinunter ins Erdgeschoss, blieb er stehen. Da war ein Geräusch in der Diele … ein Schlüssel wurde im Schloss umgedreht, die Haustür ging auf. Er machte auf dem Absatz kehrt und rannte wieder hoch.

»Valentin?«

Die Kneifzange! Sie war nach Hause gekommen! Er hielt den Atem an.

»Valentin, komm runter, sofort! Ich muss mit dir reden!«

Er hörte, wie sie die Treppe hochkam. Im selben Moment riss er die Badezimmertür auf und sperrte hinter sich ab. Im Spiegel schaute ihn sein verschrecktes Gesicht an, Schweißperlen auf der Stirn. Hastig drückte er die Spülung des WCs und drehte den Wasserhahn am Waschbecken auf. Er hatte jetzt keine Zeit zu reden! Er war beschäftigt, das konnte sie doch hören! In seiner Angst, sie könnte ins Badezimmer kommen, obwohl doch die Tür verschlossen war, flüchtete er in die Duschkabine und zog die Milchglasscheibe zu.

»Komm gefälligst raus, wenn ich mit dir sprechen will!« Da war sie, direkt vor der Tür! »Was machst du da drinnen?!«

Panisch stellte er das Wasser an und ließ es sich ins Gesicht prasseln. Er bekam gar nicht mit, dass er in Jeans und T-Shirt unter der Dusche stand. Er nahm nur die Wut in ihrer Stimme wahr, die auch die Niagarafälle nicht übertönt hätten.

»Ich bin maßlos enttäuscht von dir«, hörte er sie schreien, »das ist wirklich der Gipfel! Du hast die Wachteln verdursten lassen. Sie sind alle tot, alle! Wie konntest du das nur machen? … Antworte gefälligst, Valentin, und komm aus der Dusche raus.«

Er lehnte sich mit dem Rücken gegen die Wand der Duschkabine. Die Wachteln! Deshalb war sie so aufgebracht. »Gleich«, rief er, »gleich!« Er betete, dass sie endlich von der Tür verschwand.

»Ich warte beim Käfig auf dich! Beeil dich gefälligst!«

Mit zitternden Knien und klitschnass stieg Cap aus der Dusche, griff nach einem Handtuch und rieb sich das Gesicht ab. Mann, die würde ihn in Stücke reißen, wenn sie ihn erwischte. Er musste raus aus dem Haus, sofort! Er lauschte an der Tür und öffnete sie vorsichtig. Nichts … es war nichts zu hören. Sie schien wirklich im Garten zu sein. Stufe für Stufe tastete er sich die Treppe hinunter, linste ins Wohnzimmer. Die Terrassentür war aufgeschoben. Fünf, sechs Schritte, dann war er in der Diele, riss die Haustür auf und rannte hinaus, durch den Vorgarten, die Straße hinunter.

Er lief, bis er zu einem Park kam, vorbei an Spaziergängern, die ihm erstaunt hinterherschauten, immer weiter, ohne anzuhalten. Schließlich ließ er sich außer Atem auf eine Bank am Elbstrand fallen. Er hielt sich die stechenden Seiten, ließ den Kopf nach vorne sinken und starrte auf seine durchweichten Chucks. Mann, war das ein Schreck gewesen … Warum hatte er nur so lange gewartet? Warum hatte er nicht sofort den verfluchten Keller aufgemacht und war abgehauen? Warum ritt er sich immer weiter rein in die Scheiße?

Benutz deinen Kopf, Cap, streng dich an. Du bist klug, Cap.

Was sollte er tun? Er könnte Valentins Mutter anrufen und ihr sagen, sie sollte in den Keller gehen, in den alten Übungsraum. Aber dann würde sie die Polizei verständigen und die konnten doch heutzutage jedes Telefonat zurückverfolgen, die würden ihn aufspüren, die würden ihn einsperren, schon wieder, und dieses Mal würden sie ihn nicht wieder laufen lassen.

Aber Moment mal, er brauchte ja nur von Valentins Handy aus anzurufen, dann war er auf der sicheren Seite. Er fischte das iPhone aus der Hosentasche und wählte die Nummer. Erst als er das Freizeichen hörte, wurde ihm klar, dass er keinen Plan hatte, was genau er eigentlich sagen sollte.

Doch es war kein Plan nötig. Valentins Mutter kam ihm zuvor. »Was soll das, Valentin? Wo steckst du?«, legte sie los, ohne ihm die Chance auf eine Antwort zu geben. »Was für eine Frechheit, einfach abzuhauen, wenn ich mit dir reden will!«

»Aber …«

»Nichts aber!«, fiel sie ihm ins Wort. »Mir reicht es! Du kommst jetzt auf der Stelle nach Hause!« Und schon hatte sie das Gespräch beendet.

Cap fröstelte, und das lag nicht nur an seinen nassen

Klamotten, die langsam in der Abendsonne trockneten. Diese Frau war ja wirklich die Pest! Der arme Valentin … Sein Blick folgte einem Segelboot, das auf der Elbe eine schnelle Wendung machte. Es hieß *Freedom*, ausgerechnet …

Okay, vielleicht war es besser, die Kneifzange aus dem Spiel zu lassen. Er würde jetzt warten, bis es dunkel wurde und die Alte schlief. Ein paar Stunden nur noch, auf die kam es jetzt auch nicht mehr an. Und dann würde er Valentin rauslassen, ganz leise und schnell, und dann würde er verschwinden und keine Spur würde zu ihm führen, zu Cap, der mit dieser Familie Voigt nichts zu tun hatte, der auf der Veddel wohnte, tausend Meilen von hier entfernt.

Er lief das Elbufer entlang, um sich aufzuwärmen, und als er auf ein paar Jugendliche traf, die am Strand chillten, mit Bier, Einweggrill und Lagerfeuer, setzte er sich dazu. Es war ihm egal, dass die Jungs ihn musterten wie einen Exoten. Nach einer Weile tauten sie auf und boten ihm von ihrem Bier und ihren Würstchen an. Er rückte so nah ans Feuer, dass seine Klamotten dampften. Stumm hörte er ihren Gesprächen zu, die sich um absolut nichts drehten.

Er war müde. Die letzte Nacht hatte er kaum schlafen können, die Nacht auf der Wache, in der ungemütlichen Zelle … Jetzt fiel ihm Dennis ein. Er schickte ihm eine SMS, dass er eine Anzeige wegen Unterschlagung einer Fundsache kassiert hatte, aber sonst alles okay war. Von Dennis wanderten seine Gedanken weiter zu seiner Mutter. Er ist ein guter Junge, hatte sie gesagt, und dass er nicht so spät kommen sollte. Er seufzte. Auch heute würde es dauern, bis er zu Hause war, und ihm blieb wohl nichts anderes übrig, als ihr das zu sagen, damit sie nicht wieder ausflippte. Zum Glück war sie nicht da, sodass er seine Nachricht auf den Anrufbeantworter sprechen konnte. »Geh ruhig schon ins Bett, Mama«, sagte er, »es wird ein bisschen später werden.«

Sollte er sich auch bei Lara melden? Nein, erst wollte er die Sache mit Valentin ins Reine bringen, dann war er wirklich frei für sie. Er würde ihr sagen, dass er sich mit seinem Vater überworfen hatte und jetzt nur noch bei seiner Mutter lebte. So würde er es machen und dann würde es keine Probleme mehr geben.

Er trank noch zwei Bier, die ihn ruhiger und träger machten, und streckte sich dann im Sand aus. Er verschränkte die Arme hinter dem Nacken und sah hinauf in den diesigen Sternenhimmel. Es würde schon alles gut gehen. Es musste alles gut gehen. Anders konnte es nicht sein.

***

In Barsbüttel saß Lara mit ihren Eltern auf dem Sofa und guckte einen mäßig spannenden Krimi. Es ging um einen Mann, der jahrelang ein Doppelleben geführt hatte und dessen Frau nicht ahnte, dass er nur wenige Kilometer von ihr entfernt eine zweite Familie hatte. Irgendwann brach das ganze Lügengebilde über ihm zusammen und der Mann drehte durch.

Lara war viel zu sehr mit ihren eigenen Gedanken beschäftigt, um dem Film wirklich folgen zu können. Sie dachte an Valentin, der auch Cap hieß und der ebenfalls zwei Leben zu führen schien. Es war falsch von seiner Mutter, dass er ihr gegenüber von seinem Vater und seinem Zuhause an der Elbchaussee schweigen musste. Wie sollte er das alles unter Verschluss halten und mit sich selbst ins Reine kommen? Sicher fühlte er sich in keiner seiner Welten wirklich zu Hause.

Sie nahm ihr Handy vom Tisch und öffnete das Foto, das sie in der Nacht von ihm gemacht hatte. So unschuldig sah er auf dem Bild aus und so zufrieden mit sich und der Welt. Aber vielleicht war auch er kurz davor durchzudrehen?

***

Es war der letzte Tropfen Tee, den Valentin trank, nachdem er einen krümeligen Rest des Toastbrots vom Teller geleckt hatte. Ein Tropfen, der seinen Durst nur noch unerträglicher machte. Auch sein Feuerzeug funktionierte nicht mehr. Alles war zu Ende. Auch seine Kraft zu schreien und seine Hoffnung, dass jemand kam und ihn befreite. Alles war zu Ende. Es war ihm egal. Er hatte aufgegeben, eine Antwort auf die Frage zu suchen, warum das alles mit ihm geschah. Er hatte sich selbst aufgegeben. Nur vor den Schmerzen hatte er Angst. Es hieß doch, dass es schrecklich war zu verdursten.

***

Im Osten färbte sich der Himmel über der Elbe schon rot und ließ den Sonnenaufgang ahnen, als sich Cap am frühen Dienstagmorgen auf den Weg zur Villa machte, den Elbhang hoch, durch den menschenleeren Park. Er hatte ein paar Bier zu viel getrunken, war neben dem Feuer eingeschlafen und erst aufgewacht, als einer der Jungs die Bierflaschen scheppernd in die Kiste stellte. Jetzt fühlte er sich wie zerschlagen. Aber die Aktion, die ihm bevorstand, versorgte ihn mit dem nötigen Adrenalin, um hellwach zu sein.

Die Villa war dunkel, als er ankam. Er schloss das Tor auf und erschrak, als die Bewegungsmelder plötzlich den Vorgarten ausleuchteten. Hastig huschte er zum Haus, öffnete die Tür und blieb lauernd stehen. Es war nichts zu hören. Entweder war Valentins Mutter nicht da oder sie schlief. Also gut, zweiter Anlauf … dieses Mal würde er keine Zeit verlieren. Dieses Mal würde er es nicht vermasseln.

Er ging zur Kellertür, öffnete sie und tastete sich im Dunkeln die Treppe hinunter. Obwohl er sicher war, dass ihn niemand sehen konnte, traute er sich nicht, das Licht im Flur anzumachen. Er nahm sein Handy und schaltete die Taschenlampenfunktion ein. Ein kalter, schmaler Lichtstreifen huschte über die Wände.

Der letzte Raum links, der Schlüssel steckte. Langsam drehte er ihn um und öffnete die Tür. Ein Geruch nach Schweiß und Urin schlug ihm entgegen, der ihm den Atem nahm. Er blieb stehen, ließ das Licht seines Handys durch den Raum gleiten, über den Boden, die Wände, die alten Poster von der Schülerband, Valentin am Schlagzeug.

Dann erfasste das kalte Licht den Jungen. Er saß in der Ecke und starrte ihn an. Wie ein Tier, das man nachts auf der Straße mit den Scheinwerfern erwischt. Er ließ sein Handy sinken.

»Hey«, sagte er leise, »hey, Valentin. Alles okay?«

Er bekam keine Antwort. Nur diesen Blick, den er nicht aushielt. »Warte«, sagte er und schluckte, »warte, ich bringe dir was zu trinken.« Er hatte selbst plötzlich eine Kehle wie Sandpapier. Er lief den Gang entlang zum Vorratsraum, griff eine Flasche Sprudelwasser aus einer Kiste und rannte zurück.

Valentin saß noch immer regungslos in seiner Ecke. Cap näherte sich ihm mit klopfendem Herzen. »Alles okay?«, fragte er wieder, schraubte die Flasche auf und hielt sie ihm hin. Groß und bedrohlich kam er sich vor, diesem schmächtigen Typen gegenüber, der da mit angezogenen Beinen auf dem Boden kauerte, die Arme um die Knie geschlungen. Er hockte sich hin.

Jetzt streckte der Junge die Hand aus und nahm ihm die Flasche ab. Er setzte sie an die Lippen, trank, verschluckte sich, hustete, trank noch einen Schluck, atmete flach und heftig und setzte die Flasche noch einmal an.

»Nicht so hastig«, sagte Cap. Er hörte seine eigenen Worte und sie kamen ihm lächerlich vor. Aber irgendetwas musste er doch sagen, oder? Irgendeine Erklärung abgeben … oder sollte er einfach aufstehen und gehen?

»Hör mal«, sagte er, »es tut mir leid. Ich wollte das nicht … Aber du bist so plötzlich aufgetaucht auf der Party und dann … dann ist das einfach passiert …«

Valentin starrte ihn regungslos an. Verstand er überhaupt, was er ihm sagte?

»Ich wollte ja schon eher kommen, aber dann ist einiges schiefgelaufen.« Cap schluckte trocken. Ohne nachzudenken, griff er nach der Wasserflasche, die neben Valentin stand.

Das Handylicht flackerte, für einen kurzen Moment lag Valentins Gesicht im Dunkeln, dann blitzte es wieder auf. Cap sah seine gequälte Miene, den Hass in seinen Augen. Er hielt in der Bewegung inne. Sekunden wurden zäh wie schmelzendes Glas. Er sah, wie die Flasche umkippte, wie Valentin hochschnellte, unerwartet kraftvoll. Dann war er über ihm, hatte die Hände an seinem Hals, drückte zu, stieß ihm die Knie in den Leib, keuchte und drückte doller zu. Cap wehrte sich nicht. Er war wie gelähmt. Erst als der Reflex zu atmen übermächtig wurde, packte er die Hände des anderen, um sie wegzuzerren. Doch die wilde Wut des Jungen hatte ihn im Griff. Er bekam keine Luft mehr.

***

Der Fremde, ein Schatten im Dunkeln, der böse Mann aus seinen Kinderträumen. Grelles Licht wie ein Schlag ins Gesicht. Was wollte der Mann von ihm? Er brachte ihm Wasser und wollte es ihm dann wieder wegnehmen! Er wollte ihn quälen!

Wie ein weidwundes Tier war Valentin aufgesprungen, hatte sich verteidigt, gekämpft. All seine Verwirrung und Angst war in diesem Angriff explodiert. Jetzt konnte er nicht mehr, seine Kraft versagte. Er ließ los. Er musste fliehen, raus aus dem Gefängnis, weg von seinem Peiniger. Er stand auf, schwankend, fand den lichtlosen Weg durch den Flur, die Treppe hoch und ins Wohnzimmer, sein Herz pumpte Blut, sein Kopf wollte zerspringen. In der Küche hielt er an, beugte sich über den Wasserhahn, die Kehle eng und wund.

Doch da war ein Geräusch auf der Treppe, ein schweres Atmen, nur wenige Meter vom ihm entfernt. Der Mann aus dem Keller. Sein Feind verfolgte ihn! Er hastete zur Diele, zur Tür hinaus, durch den Garten, nur weg von dem dunklen Haus, das ein Albtraum war.

***

Cap stand im Wohnzimmer wie ein angeschlagener Boxer. Er hörte, wie die Haustür ins Schloss fiel. Im Vorgarten ging das Licht an. Valentin war weg. Das Haus war wieder still, nur in seinen Ohren rauschte das Blut und in seiner Brust hämmerte ihm das Herz gegen die Rippen. Er wankte zur Küchentheke, er musste sich festhalten, einen klaren Gedanken fassen. War jetzt alles vorbei?

Genau wie Valentin stolperte er zum Spülbecken. Er hielt den Kopf unter den Hahn und ließ sich das Wasser über den schmerzenden Nacken und das Gesicht fließen. Als er sich wieder aufrichtete, hörte er eine Stimme. Sie kam von oben, vom Flur im ersten Stock. Eine Frauenstimme.

»Ist da jemand? Valentin, bist du das?«

Er schrak zusammen. Und genau wie Valentin hastete auch Cap in Panik zur Diele, um zu fliehen. Er rannte aus dem Haus, durch den Vorgarten, der immer noch erleuchtet war, die Elbchaussee hinunter, weiter und weiter, in die nächste Seitenstraße hinein. Er hielt nicht mehr an, bis er bei der S-Bahn ankam, sprang die Treppe hoch, schaute auf die Anzeigetafel. Nur noch wenige Minuten, dann würde die Bahn kommen, die erste des neuen Tages. Nur noch wenige Minuten, dann hatte er es geschafft.

***

In eine Hecke gedrückt, versteckt zwischen den dichten Blättern, atemlos und voller Angst, sah Valentin den fremden Jungen an sich vorbeihetzen. Für eine Sekunde erkannte er die Panik im Blick des Jungen. Die Hand auf den Mund gepresst, starrte er ihm hinterher. Wer war das? Die Zweige stachen und kratzten ihn, aber er merkte es nicht. War der Junge wirklich weg? Was war geschehen? Was war denn nur geschehen?

Schließlich kam er aus seinem Versteck, drehte sich um und ging die Straße zurück, mechanisch einen Fuß vor den anderen setzend, mit unsicheren Schritten wie ein alter Mann.

Da war die Villa. Wie eine weiße Burg stand sie in dem dunklen Garten. Nur oben im Zimmer seiner Mutter war Licht an. Schön sah das aus.

Er blieb an der Gartenpforte stehen, traute sich nicht näher, wartete ab. Die Haustür war nur angelehnt. Was hatte das zu bedeuten? Kam da noch jemand? Jetzt ging das Licht im ersten Stock aus. War das seine Mutter, die es ausgemacht hatte, oder waren immer noch Fremde im Haus? Konnte er einfach hineingehen, ohne dass ihm etwas geschah? Konnte er bei ihr Zuflucht und Trost suchen, würde sie ihn beschützen?

Langsam näherte er sich dem Eingang, stand in der Diele, jederzeit bereit, wieder zu fliehen, wagte sich dann zur Treppe, die nach oben führte, suchte Halt an dem hölzernen Geländer. Oben schaltete er das Flurlicht ein, ging zum letzten Zimmer, dem Schlafzimmer seiner Mutter, und öffnete die Tür einen Spalt. Das Bett war nur spärlich vom Licht auf dem Flur erleuchtet, aber er konnte sehen, dass es seine Mutter war, die dort schlief.

»Mama«, sagte er leise, »Mama, ich bin's. Bist du wach?« Die Kehle tat ihm weh bei jedem dieser Worte.

»Schön, dass du endlich da bist.« Ihre Stimme war voller Hohn und Spott. »Weißt du eigentlich, wie spät es ist?« Sie drehte sich nicht zu ihm um.

Er ließ den Türpfosten los und kam einen Schritt näher. »Mama, hör mir doch zu. Ich weiß nicht, was passiert ist …«

Da fuhr sie herum, ihr Gesicht wutverzerrt, ihre Augen blitzend wie Eis. »Was passiert ist? Das fragst du mich, mitten in der Nacht? *Ich* weiß, was passiert ist, deshalb wollte ich ja mit dir reden. Die Wachteln sind elendig verdurstet, das ist passiert! Weil du dich nicht darum gekümmert hast! Und jetzt lass mich endlich schlafen, Valentin. Ich muss morgen früh raus. Lass mich in Ruhe!«

Ihre Worte trafen ihn wie Schwerthiebe. Er taumelte zurück, stieß auf dem Flur gegen die Wand. Die Knie versagten ihm, er ließ sich zu Boden sinken, den Rücken an die Wand gepresst. Die Wachteln … Sie waren verdurstet! Das ist passiert! Das war das Einzige, was sie interessierte, die Scheißwachteln! Hatte sie sich kein bisschen Sorgen gemacht, weil sie ihn seit Tagen nicht gesehen hatte? Hatte sie nicht einmal gemerkt, dass er nicht da war? Oder war das ihre Strafe gewesen? Hatte sie ihn eingesperrt, weil sie die tote Wachtel im Stall gefunden hatte? Hatte sie ihn betteln und schreien hören, all die dunklen Stunden lang …

Er presste die Hände gegen die Schläfen, um seinen Kopf festzuhalten. Seinen Kopf, der all das nicht fasste, nicht begriff, nicht zusammenbrachte. Dann stand er mühsam auf und schleppte sich zu seinem Zimmer. Er holte die Schokolade heraus, die er in einer Schublade liegen hatte, riss das Papier auf und verschlang die Tafel. Neben seinem Bett stand noch eine Flasche mit abgestandenem Sprudelwasser, das er austrank. Zitternd kroch er ins Bett und rollte sich zusammen. Seine Welt war aus den Fugen geraten. Sie war so schräg und brüchig geworden, dass er Angst hatte, den Verstand zu verlieren.

***

Cap lag kaum auf seiner Schlafcouch, da hörte er, dass im Zimmer seiner Mutter der Wecker klingelte. Klar, sie musste aufstehen, Zeitungen austragen. Als sie die Tür einen Spalt öffnete und zu ihm hereinschaute, stellte er sich schlafend, um nicht mit ihr reden zu müssen. Dabei war es sinnlos, an Schlaf zu denken. Er war so aufgedreht, als hätte er eine von Roberts Pillen geschluckt. Er bekam mit, wie seine Mutter in der Küche den Tee aufsetzte und das Radio anstellte. Das Leben ging weiter, das ganz normale Leben. Ohne Villa, ohne Valentin, ohne Versteckspielen.

Vor dem Fenster kündete eine blasse Sonne an, dass es ein schöner Tag werden würde, viel zu schön, um in die Schule zu gehen. Aber er hatte seiner Mutter versprochen, nicht mehr zu schwänzen. Nur noch ein bisschen ausruhen, dann würde er aufstehen, duschen, Schultasche packen … Vielleicht konnte er am Nachmittag mit Lara die Elbe hochfahren und schwimmen gehen? Lara … Er verschränkte die Hände im Nacken, ließ ein paar Bilder entstehen und plötzlich fiel alle Anspannung von ihm ab. Ja, er hatte es geschafft! Valentin war frei. Und er ebenfalls. Hey, es war doch alles gut gegangen, oder nicht?

Langsam kam er runter von seinem Trip und wurde ruhiger. Als die Wohnungstür zuklappte und seine Mutter das Haus verließ, hörte er das schon nicht mehr. Er war eingeschlafen. Erschöpft schlief er in den Tag hinein, tief und traumlos. Nichts drang zu ihm durch, auch das mehrmalige Klingeln seines Handys hörte er nicht.

***

Lara hatte am Abend versucht, Valentin anzurufen, und auch jetzt hatte sie ihm vor der Schule schon eine SMS geschickt. Keine Antwort, nichts. In der zweiten großen Pause hatte sie ihn immer noch nicht erreicht. Jedes Mal war nur seine Mailbox angesprungen und sie hatte aufgelegt, ohne eine Nachricht zu hinterlassen. Was hätte sie auch sagen sollen? Melde dich, ich mach mir Sorgen um dich … Da hätte sie wie seine Mutter geklungen. Aber es stimmte, sie war wirklich nervös. Die düstere Stimmung, die am Nachmittag zwischen ihnen gewesen war, hatte sie nicht mehr losgelassen. Das Bild, wie er in der U-Bahn-Station verschwunden war, spukte ihr immer wieder im Kopf herum. Was war los mit ihm? Was hatte er vorgehabt?

Sie sah Melanie in einer Gruppe Mädchen stehen. Vielleicht sollte sie sie fragen, ob sie was von Valentin gehört hatte. Aber immer, wenn sie Melanie sah, nickte die ihr nur mit abwesender Miene zu. Die nahm nur sich selbst wahr und sonst nichts. »Vergiss den Typen«, würde sie sagen, und vielleicht hätte sie recht. Vielleicht war er ja doch nur einer von diesen Jungs, die sich nicht verlieben können. Die alles nur spielen, so als wären sie die Hauptdarsteller in einem Hollywoodfilm. Jeder Blick, jede Berührung nachgemacht, die geflüsterten Worte auswendig gelernt, die Gefühle nur vorgetäuscht. Eine perfekte Vorstellung, auf die sie reingefallen war …

Sie biss sich auf die Unterlippe, bis es wehtat. Nein, so sehr konnte sie sich nicht getäuscht haben. Irgendetwas war passiert, irgendetwas, das ihr Angst machte. Oh Mann, ihre Gedanken drehten sich im Kreis.

Als die Pause zu Ende war, fasste sie einen Entschluss.

Anstatt in ihren Klassenraum zu gehen, lief sie zum Parkplatz. Zum Glück war sie heute mit dem Auto zur Schule gefahren. In vierzig Minuten konnte sie in Othmarschen sein. Sie musste herausfinden, was mit ihm los war.

***

Valentin wurde von grellem Licht aus dem Schlaf gerissen. Jemand hatte ihm das schützende Kissen vom Gesicht gezogen.

»Valentin!« Die Stimme seiner Mutter. Was wollte sie von ihm? Sein Puls ging schneller, Adrenalin schoss ihm durch die Adern … Angst. Angst vor seiner Mutter. Er unterdrückte ein Wimmern.

»Wieso liegst du noch im Bett? Willst du nicht aufstehen und zur Schule gehen? Ist dir selbst das zu viel?« Mitleidlos wie das Licht traf ihre Stimme seine überreizten Nerven. Stöhnend warf er sich herum und vergrub das Gesicht im Laken. Sie sollte gehen. Sie sollte ihn weiterschlafen lassen. Sie sollte die Vorhänge wieder zumachen.

»Valentin! Steh auf!« Sie schüttelte ihn an der Schulter. »Du musst zur Schule.«

Er zwang sich zu antworten. Wort für Wort schob er über die Lippen. »Ich kann nicht.«

»Jetzt lass die Spielchen. Sieh mich an!«

Gequält drehte er sich wieder um und öffnete die Augen. Er wusste nicht, was er zu sehen erwartete, aber es war wirklich sie, ihr Gesicht mit den rot geschminkten Lippen, müde und verärgert. Doch jetzt veränderte sich ihre Miene. Während sie ihn musterte, verlor ihr Gesicht an Strenge.

»Du siehst wirklich gar nicht gut aus. Was ist denn los?«, fragte sie.

Er antwortete nicht. Er schaffte es nicht. Er wusste nicht, was los war. Sein Blick ging starr an ihr vorbei, heftete sich auf die halb geöffnete Tür. Ein Seufzen stieg in ihm auf. Dies war sein Zimmer, er lag in seinem Bett. Dann schloss er die Augen, immer noch vom Sonnenlicht geblendet.

Sie legte ihm die Hand auf die Stirn, eine kühle Hand, die ihn zusammenzucken ließ. »Vielleicht hast du Fieber …«, hörte er sie sagen. »Also gut, dann bleib heute zu Hause. Schlaf dich gesund. Ich muss leider jetzt los. Das lässt sich nicht aufschieben. Wir reden heute Nachmittag in Ruhe. Ruf mich an, wenn was ist.«

Durch die geschlossenen Lider nahm er wahr, dass es dunkler wurde. Sie hatte die Vorhänge wieder zugezogen. Er verkroch sich unter der Decke und versuchte, wieder einzuschlafen. Doch jetzt hielt er die Dunkelheit nicht mehr aus. Sie drückte ihm wie ein Albtraum die Brust zusammen. Er musste raus aus dem Zimmer.

Mit schmerzenden Gliedern stand er auf, ging ins Badezimmer und füllte seinen Zahnputzbecher mit Wasser, um zu trinken. Als er in den Spiegel schaute, starrte ihn ein hohläugiger Zombie an. Mein Gott, er sah schrecklich aus. Oder war das gar nicht er? War das ein anderer? Auch sein Geruch war ihm fremd. Er stank. Angewidert drehte er sich von dem bleichen Gespenst weg. *Geh duschen,*

Valentin, sei ein ordentlicher Junge … Aber er brachte die Energie nicht auf.

Erschöpft hockte er sich auf den Rand der Badewanne und wartete, bis er hörte, wie der Wagen seiner Mutter aus der Garage fuhr. Dann ging er die Treppe hinunter in die Küche, wo ihr Frühstücksgeschirr noch auf der Theke stand. Er wollte nichts von den Sachen, die sie übrig gelassen hatte. Stattdessen nahm er sich eine Schüssel Cornflakes mit Milch und aß sie leer, ohne zu schmecken, was er da in sich hineinschaufelte. Schließlich setzte er sich an den Flügel und begann zu spielen. Robert Schumann, der Komponist, der in Depressionen und Wahnsinn untergegangen war. Alles um ihn herum versank in den Tönen, die aus dem Flügel perlten. Solange er spielte, gab es kein Denken und kein Fühlen und kein Handeln, nur die Musik. Er spielte noch immer, als es an der Haustür klingelte.

***

Der Junge, der Lara öffnete, war nicht Valentin. Es war ein schlaksiger Blonder mit wirr abstehenden Haaren, hochgezogenen Schultern und einem blassen Gesicht. Sein Blick war voller Misstrauen und tanzte hin und her. War das dieser Marcel, von dem Valentin ihr erzählt hatte? Der Typ, der nach der Party aufgeräumt hatte? Eigentlich sah er nicht wie ein Gärtner aus.

»Was willst du?«, fragte er schroff. Er hatte die Haustür nur ein paar Handbreit geöffnet.

»Ich wollte fragen, ob Valentin zu Hause ist«, antwortete sie hastig, weil sie befürchtete, er würde die Tür gleich wieder zuschlagen.

Er starrte sie an, als ob er sie nicht verstanden hatte. Seine Augen waren gerötet und sie glänzten, als hätte er Fieber. Dunkle Schatten, die bis zu den Schläfen gingen, ließen sie noch intensiver glühen.

»Wahrscheinlich ist er in der Schule, oder?« Sie wartete auf eine Antwort, doch der Junge machte den Mund nicht auf. »Ich dachte, es geht ihm vielleicht nicht gut und ich schau mal nach ihm. Er geht nicht an sein Handy ...« Sie stockte. Warum stierte dieser merkwürdige Typ sie so an? Hatte sie irgendetwas Falsches gesagt?

»Wer bist du?«, stieß er hervor. Es schien ihm Mühe zu machen, die wenigen Worte über die Lippen zu bringen.

»Ich heiße Lara. Ich bin Valentins Freundin.«

»Du bist seine Freundin?«

Sie nickte und versuchte ein Lächeln, obwohl sie sich alles andere als wohlfühlte, hier am Gartentor zu stehen und mit diesem offenbar verwirrten Menschen zu reden.

»Hör mal, sag mir doch einfach, ob Valentin zu Hause ist, sonst gehe ich eben wieder«, sagte sie.

Er schien überlegen zu müssen, bis er schließlich stumm nickte.

»Und? Kann ich reinkommen?«, fragte sie.

»Warum?«

»Ich will mit ihm reden.«

»Mit mir reden?« Plötzlich flackerten seine Augen, als wäre er bei einer Lüge ertappt worden.

Irritiert sah sie ihn an. Der Typ hatte doch einen an der

Waffel. Am liebsten wäre sie auf der Stelle umgekehrt. Doch da ließ er schon das Gartentor aufgleiten. Während sie auf ihn zuging, kribbelte es zwischen ihren Schulterblättern. Es war ein Fehler gewesen hierherzukommen. Dieser Junge hatte etwas Unberechenbares an sich. Sie hätte ihn gerne gefragt, wer er denn eigentlich war. Aber merkwürdigerweise traute sie sich nicht.

Sie folgte ihm ins Wohnzimmer, wo er ihr zu verstehen gab, sich auf die Couch zu setzen. Jetzt nahm sie wahr, wie übel er roch. Er saß auf der äußersten Kante eines Sessels, als wollte er jeden Moment aufspringen. Und plötzlich wusste sie, wer er war. Valentins Stiefbruder, der Junge mit der Schultüte. Der Bruder, auf den er eifersüchtig war. Natürlich!

»Woher kennst du Valentin?«, fragte er, während er sie musterte, als wäre sie eine Hochstaplerin.

»Von seiner Party«, antwortete sie, »vorletzte Woche. Warum fragst du?«

»Nur so …«

Zähes Schweigen lag zwischen ihnen, das sie kaum aushielt. Genauso wenig wie den stechenden Schweißgeruch, den er verströmte. »Und wer bist du?«, fragte sie schließlich.

»Ich? Ich bin niemand.« Er grinste, was geradezu teuflisch aussah.

Lara fröstelte. Was redete er denn da? Mann, dieser Typ war wirklich spooky. Sie fühlte sich grässlich in seiner Gegenwart.

»Könntest du ihm bitte Bescheid sagen, dass ich hier

bin?«, fragte sie, um Beherrschung bemüht. Sie sah zur Treppe, die nach oben führte. »Wo ist er denn eigentlich? Ist er in seinem Zimmer?« Sie stand auf. »Ich gehe einfach mal hoch, ja?«

Er antwortete nicht, sondern erhob sich ebenfalls. »Warte«, sagte er. »Ich würde dir gerne etwas zeigen.«

»Was denn?«

»Den Keller.«

»Warum das denn? Ist Valentin dort?«

Wieder kam keine Antwort. Der Junge ging durchs Wohnzimmer auf eine Tür zu, hinter der wohl die Kellertreppe lag. Langsam ging sie ihm nach. Als sie an der Gästetoilette vorbeikamen, hielt sie an.

»Ich muss mal eben verschwinden«, sagte sie.

Er drehte sich um und warf ihr einen argwöhnischen Blick zu. Schnell öffnete sie die Tür, schlüpfte ins Bad und riegelte hinter sich ab. Puh! Der Typ hatte wirklich ein Rad ab. Nie im Leben würde sie mit dem in irgendeinen Keller gehen. Was sollte das überhaupt? Und wo war Valentin?

Das ungute Gefühl, das sie seit seinen düsteren Worten bei ihm auf der Veddel hatte, verdichtete sich zu beklemmender Angst. Hastig nahm sie ihr Handy und wählte seine Nummer. Hoffentlich ging er jetzt endlich mal ran! Während sie auf dem Klodeckel hockte, ließ sie es klingeln, bis die Mailbox ansprang.

»Valentin«, sagte sie leise, »wo bist du? Ich bin in Othmarschen, bei euch zu Hause. Dein Bruder hat mir aufgemacht. Was für ein schräger Typ ist das denn? Er will, dass ich mit ihm in den Keller gehe. Valentin, der macht mir Angst! Jetzt melde dich doch bitte.«

Mit angehaltenem Atem horchte sie nach draußen und öffnete vorsichtig dir Tür. Doch dann schloss sie sie wieder. Nein, sie würde da jetzt nicht rausgehen. Sie traute dem Jungen nicht. Das Beste wäre, unbemerkt abzuhauen.

Das kleine Fenster über dem Spülkasten war vergittert. Aber es war ein Gitter, das man von innen öffnen konnte. Eilig stieg sie auf den Klodeckel, öffnete das Gitter und das dahinterliegende Fenster. Sie stemmte sich auf die Fensterbank, schob sich über den Sims und sprang nach unten auf den Rasen. Schwer atmend presste sie sich gegen die Hauswand. Konnte sie der Typ vom Wohnzimmer aus sehen? Oder von der Küche? Egal! Sie rannte auf das Gartentor zu, als wäre der Teufel hinter ihr her.

***

Die Sonnenstrahlen fielen durch das vorhanglose Fenster. Cap war mit einem Schlag wach und angelte nach seinem Wecker. Schon zwölf! Mann, da hatte er voll verschlafen. Die Schule konnte er für heute vergessen, das lohnte sich wirklich nicht mehr. Aber es gab Schlimmeres. So hatte er jedenfalls Zeit für ein anständiges Frühstück. Mit dem anständigen Leben konnte er dann morgen früh beginnen.

Während er in der Küche die Kaffeemaschine laufen ließ, hörte er die Nachrichten auf seiner Mailbox ab. Seine Mutter ... Dennis ... und Lara! Er konnte sie kaum verstehen, weil sie so leise sprach. Aber eins war deutlich – sie war in der Villa, zusammen mit Valentin, und irgendetwas lief da schief! Sie klang richtig verschreckt, ganz anders als sonst. Es hörte sich an, als ob Valentin sie in den Keller locken wollte. Was hatte er vor? Wollte er sich an ihm rächen, indem er Lara etwas antat? Oder hatte er ihr die ganze Geschichte erzählt, hatte ihr den nach Pisse und Schweiß stinkenden Übungsraum gezeigt? Dann musste sie ihn doch hassen …

Ihm war äußerst mulmig zumute. Er schenkte sich Milchkaffee ein, schmierte sich eine Scheibe Brot und wählte dabei Laras Nummer. Sie ging nicht ran. Er hinterließ ihr eine Nachricht auf der Mailbox. »Ist alles in Ordnung, Lara?«, fragte er. »Wo bist du? Ich versuche es später noch mal.«

Voller Unruhe aß er sein Frühstück zu Ende, hörte sich noch einmal ihre Nachricht an, wählte wieder ihre Nummer, erreichte sie nicht. Schließlich steckte er das Handy in die Hosentasche, zog sich ein frisches T-Shirt an und verließ die Wohnung. Er musste in die Villa, noch ein einziges Mal, es ging nicht anders. Er musste herausfinden, ob Lara Hilfe brauchte.

***

Valentin hatte mit einer Münze das Schloss der Gästetoilette entriegelt. Das Mädchen war weg! Er ballte die Faust und knallte das Fenster zu. Er hätte besser aufpassen müssen, hätte ihr nicht trauen dürfen. Sie hätte ihm erklären können, was das für ein Spiel war, das man mit ihm spielte. Was war ihre Rolle in dem Scheißstück?

Eigentlich hatte sie ganz nett ausgesehen, diese Lara, und ganz harmlos gewirkt. Aber was sie gesagt hatte, hatte ihn nur noch mehr durcheinandergebracht. Sie war eine Lügnerin, sie wollte ihn reinlegen. Alle wollten ihn reinlegen, ihn fertigmachen, alle zusammen. Man konnte niemandem trauen. Niemandem.

***

Mein Gott, sie war vor diesem Typen davongerannt wie ein verschrecktes Kaninchen. Dabei war er sicher nur einer von diesen pubertierenden Jungs, die ein bisschen sozial gestört waren. Sie kannte einige solche Sonderlinge. Wahrscheinlich hatte er ihr einen komplett ausgerüsteten Computerraum zeigen wollen, wo Valentin und er die ganze Nacht über eine von diesen LAN-Partys durchgezogen hatten. Der Typ rannte jetzt mit roten Augen durchs Haus, während Valentin immer noch inmitten von summenden PCs, umgekippten Bierflaschen und zermatschten Pizzaschachteln schlief. Und wenn er aufwachte, lachten sich er und dieser Nerd schief über ihre panische Flucht. Vielleicht waren die beiden auch auf Droge, Valentin und sein Stiefbruder. Natürlich, das war es! Sie hatte doch die roten Augen und den irren Blick gesehen. Und Valentin war gestern so in Aufregung gewesen und hatte unbedingt nach Othmarschen gemusst, weil es um Drogen ging! Vielleicht hatten die Eltern was rausgekriegt oder es gab Ärger mit einem Dealer. Verdammt noch mal, hatte sie sich nicht genau deshalb dazu durchgerungen, die Geschichte mit ihm zu beenden? Wie dumm war sie eigentlich?!

Wütend und verletzt stieg sie in ihren Wagen und fuhr zurück Richtung Stadt. Aber wohin? Für die Schule war es jetzt zu spät. Ehe sie da ankam, war der Unterricht schon fast vorbei. Nach Hause ... da würde sie durchdrehen. Dann lieber zu Petersens. Die würden sich freuen, weil sie einen siebzigsten Geburtstag ausrichten mussten und es mehr als genug zu tun gab. Bei nichts anderem ging die Zeit so schnell rum, als wenn sie in der Gastwirtschaft zu tun hatte. Sie musste sich ablenken von ihren unaufhörlichen Gedanken an Valentin, sonst würde sie noch wahnsinnig werden.

***

Wieder einmal lief Cap von der S-Bahn durch die Straßen der Elbvororte. Am Dienstagmittag war es hier wie ausgestorben. Es herrschte eine solche Ruhe, dass ihm nur noch beklommener zumute war.

Noch vor wenigen Stunden hatte er geglaubt, die Villa nie wiederzusehen. Jetzt stand er vor dem Gartentor, hinter dem das Haus blendend weiß in der Sonne lag. Es verriet nichts von dem, was im Inneren vorging. War Lara da? Und Valentin? Hätte er nur nicht den Schlüssel stecken gelassen, dann hätte er jetzt bessere Karten.

Es blieb ihm nichts anderes übrig, als zu klingeln. Während er wartete, scannte er die Front der Villa ab. Er wusste genau, hinter welchem Fenster sich welches Zimmer befand. Da waren das große Wohnzimmer, die Küche, die Gästetoilette, das Billardzimmer. Im ersten Stock das Schlafzimmer der Mutter, das Musikzimmer, die beiden Badezimmer … Er stockte. War da nicht jemand am Fenster gewesen? Im Musikzimmer hatte sich der Vorhang verschoben. Noch einmal drückte er auf die Klingel, dieses Mal etwas länger.

In diesem Moment öffnete sich die Haustür. Sie ging nur wenige Handbreit auf, aber es war kein Mensch zu sehen, der sie bewegt hatte. Und auch die eiserne Gartenpforte klickte auf. Irgendjemand hatte den Öffner betätigt. Jemand, der nicht gesehen werden wollte.

Cap ging auf den Eingang zu und die drei Stufen hoch, die zur Tür führten. Er drückte sie noch einen Spalt mehr auf.

»Hallo?« Vorsichtig betrat er die Diele. »Lara? Bist du hier?«

Keine Antwort. Das Haus lag schweigend da. Nur ein leichter Geruch nach Gras verriet, dass seit der Nacht jemand hier gewesen sein musste. Nein, nicht jemand. Valentin. Und noch etwas erzählte der Geruch: Valentins Eltern waren mit Sicherheit nicht im Haus. Langsam ging er weiter, bis er mitten im Wohnzimmer stand. Lauernd sah er sich um.

»Lara? … Valentin?«

Er bekam keine Antwort. Er griff in die Tasche und zog sein Handy hervor. Falls Lara im Haus war, müsste er das

Klingeln hören, wenn er sie anrief. Während er ihre Nummer wählte, registrierte er, dass der Akku fast leer war. Wieder nur ihre Mailbox ... und ein Klingeln war nirgends zu hören. Seine Anspannung ließ für eine Sekunde nach. Doch dann strafften sich seine Muskeln erneut und er war wieder auf dem Sprung. Vielleicht konnte sie nicht an ihr Handy ... Vielleicht hinderte Valentin sie daran ... unten im Übungsraum.

Die Tür zum Keller! Sie war nur angelehnt ... Mit wenigen Schritten war er an der Treppe, lief die Stufen hinunter, den Gang entlang bis zum hintersten Raum. Da stand das Tablett auf dem Boden ... neben der geschlossenen Tür, der Schlüssel steckte. War Lara hinter dieser Tür? Er drückte die Klinke hinunter. Es war nicht abgeschlossen.

»Lara?« Vorsichtig machte er ein paar Schritte hinein in den dunklen Raum. Wo war der Lichtschalter? Natürlich, er war außen neben dem Türrahmen. Er drehte sich um und wollte zurück. Da erkannte er Valentin. Für eine Sekunde nur sah er ihn. Er stand auf dem Flur, er schaute ihn an, regungslos, das Gesicht wie eine weiße Maske. Dann warf er die Tür zu, das Schloss knirschte metallisch. Es war schwarz um ihn herum. Er war gefangen.

***

Lara hatte gesehen, dass er sie angerufen hatte, als sie bei Petersen gewesen war, aber er hatte keine Nachricht hinterlassen. Und das war auch gut so! Sie hatte keine seiner

Lügen hören wollen, seiner Ausreden. Sie hatte sich in die Arbeit gestürzt, genauso wie sie zu Hause versucht hatte, keinen einzigen Gedanken an ihn zu verschwenden. Bis zum Abend hatte das halbwegs geklappt, doch dann war ihre Abwehr zusammengebrochen. Sie vermisste ihn, sie machte sich Sorgen, sie wollte wissen, wie es ihm ging. Die halbe Nacht lang hatte sie wach gelegen und gegrübelt. Sie war ehrlich genug, es sich einzugestehen: Egal, wie sehr sie sich auch wünschte, einen Schlussstrich unter das Kapitel Valentin zu ziehen – natürlich wartete sie jede einzelne Sekunde darauf, dass er sich meldete.

Am nächsten Tag versuchte sie es auf seinem Handy, aber sie erreichte ihn nicht. Sie versuchte es wieder über Facebook. Aber auch diesmal fand sie ihn nicht. Hatte er sich unter einem anderen Namen registriert? Wollte er nicht, dass man ihn aufspürte? Oder war seine Seite vielleicht sogar gelöscht worden? Sie entschloss sich, Melanie anzurufen.

»Keine Ahnung, wie er bei Facebook heißt«, war Melanies Antwort.

»Aber du hast doch neulich das von der Party gelesen!«

»Nee. Robert hatte das gelesen …«

»Kannst du ihn nicht mal fragen? Oder Erik.«

»Erik! Pfff …« Melanie stieß die Luft aus. »Weißt du, Lara, wenn ich du wäre, würde ich diesem Valentin nicht hinterherlaufen.«

»Und warum nicht?«

»Warum nicht?« Melanie lachte ein bitteres Lachen. »Weil diese reichen Typen doch alles nur Idioten sind. Du brauchst dich nicht zu wundern, wenn die dich fallen lassen wie ein Stück Dreck. Vergiss den arroganten Arsch. Dem kannst du nicht trauen …«

Es war klar, dass Melanie von niemand anderem als Erik sprach. Als sie aufgelegt hatte, saß Lara auf ihrem Bett und schaute sich zum hundertsten Mal Valentins Foto an. Hatte Melanie wirklich recht? War Valentin keine Spur besser als Erik?

***

Valentin wälzte sich fiebernd auf dem verrutschten Laken hin und her. Bilder, Erinnerungen, Gefühle überschwemmten ihn und verebbten wieder. Manchmal versank er in dunklen Träumen, aus denen er nicht herausfand. Dann tauchte er plötzlich für ein paar Sekunden auf, schreckte hoch und sah sich mit schmerzenden Augen in seinem Zimmer um. Wo war er? Noch immer gefangen?

Jemand berührte ihn an der Hüfte, er spürte das Gewicht, die Wärme. War das das Mädchen? Nein, das war seine Mutter, die sich da neben ihn setzte. Sie wollte ihm Vorwürfe wegen der Wachteln machen. Wie ein verschrecktes Tier drückte er sich gegen die Wand, um Schutz zu suchen.

»Ich war das nicht«, murmelte er, »ich war das nicht. Ich hab sie nicht verdursten lassen.«

»Ist ja gut, Valentin«, sagte sie. »Ist ja schon gut.« Sie wollte ihm die Hand auf die Stirn legen, doch er zuckte zurück.

»Nein!«

Mit halb geschlossenen Lidern nahm er sie wahr, wie sie auf der Bettkante saß, in einer weißen, weiten Hose und einem weißen T-Shirt. Die Sonne verfing sich in ihren blonden Haaren und ließen sie golden glänzen. Schön sah sie aus, wie ein Engel, und sie schaute ihn an, als würde sie sich Sorgen um ihn machen. Aber er traute ihr nicht. Vielleicht war das eine Falle. Seufzend schloss er die brennenden Augen und ließ sich wieder in einen Fiebertraum sinken.

Er bekam kaum noch mit, wie sie aufstand und sein Kissen aufschüttelte. »Werde erst mal wieder gesund«, hörte er sie sagen. »Ich hoffe, es ist nichts Ernsthaftes.«

Am nächsten Morgen, als sie ihm kalten Tee brachte, trank er stumm zwei Becher nacheinander. Er wollte etwas sagen, aber er schaffte es nicht, mit ihr zu sprechen. Nicht mit ihr und auch nicht mit seinem Vater, der neben seinem Bett stand. Auch auf die Fragen von Doktor Heinemann, dem Hausarzt, der ihn am Nachmittag untersuchte, antwortete er kaum. Erschrocken zuckte er zusammen, als der Doktor das kalte Metall auf seine Brust setzte und ihn abhorchte. Als er ihm die Finger auf die Ader drückte, um seinen Puls zu fühlen, riss er sich los und verkroch sich unter seiner Decke.

»Er wirkt sehr erschöpft.« Die Stimme des Arztes klang wie von weit entfernt. »Das Wichtigste ist, dass er viel schläft und zur Ruhe kommt. Aber es sollte immer jemand in der Nähe sein.« Ein paar Worte drangen überdeutlich zu ihm durch. Worte, die der Arzt sagte, Worte, die seine

Mutter wiederholte. *Drogen … Psychose … Angst …* Unter der Bettdecke presste er die Hände auf die Ohren.

Die nächsten Tage war es vor allem Frau Bonasera, die nach ihm schaute. Auch sie nahm er nur schemenhaft wahr. Aber in ihrer Gegenwart wurde er ruhiger, als wenn seine Mutter im Zimmer war.

Erst am Freitag tauchte er aus seinem Dämmern auf, verklebt von Schweiß, verwirrt und erschöpft, als hätte er sich im Dschungel verlaufen. Das Fieber war gesunken, aber er fühlte sich schwach, als wären seine Muskeln aus Watte. Er folgte Frau Bonaseras Ratschlägen wie ein Kind. Er stand auf, duschte, zog sich frische Kleidung an, aß alles auf, was sie für ihn gekocht hatte.

Dann war seine Mutter da und unterbreitete ihm Pläne, die ihn nicht interessierten. Nichts interessierte ihn. »Wir fliegen nach Spanien«, sagte sie, »in die Ferienwohnung. Ich habe dich in der Schule noch für mindestens eine Woche krankgemeldet. Dein Vater kommt morgen nach. Es wird uns allen guttun, für ein paar Tage rauszukommen.« Ihr Blick ging von seinem Zimmerfenster aus in den Garten.

Valentin hatte ihr nicht zugehört. Nur ihre letzten Worte rüttelten ihn wach. »Ja«, antwortete er. »Raus. Raus aus diesem Haus.« Vielleicht war das seine Rettung.

***

Cap hatte gekämpft, getreten, an der Klinke gerüttelt. Er hatte seine Wut herausgeschrien, seine Wut auf sich selbst, auf Valentin, auf diese ganze verdammte Villa. Wie unendlich dumm war er gewesen, dumm und unvorsichtig ... er hatte Valentins Rache tausendmal verdient. Wie du mir, so ich dir. Auge um Auge, Zahn um Zahn, Rache ist süß. Aber jetzt hatte er es kapiert. Jetzt hatte er lange genug hier im Dunkeln geschmort. Dieser verdammte Idiot sollte endlich kommen und ihn rauslassen!

Irgendwann war seine Wut in Verzweiflung umgeschlagen. Ja, Rache ist süß. Rache ist grausam. Aber so hatte er das nicht verdient, so erbarmungslos, oder? Er hatte doch nur ein bisschen Spaß haben wollen, so wie alle anderen. Er hatte niemandem wehtun wollen. Und er hatte die Tür doch aufgemacht. Er hatte Valentin doch freigelassen. Warum kam der denn jetzt nicht und ließ ihn raus? Eine schreckliche Angst packte und schüttelte ihn. Zitternd saß er in der Ecke des Kellers und vergrub den Kopf in den Armen. Was hatte Valentin vor? Wollte er ihn hier sterben lassen? Wollte er das wirklich tun?

Aus der Furcht war eine Hoffnung hervorgekrochen, ein dünnes, flackerndes Vertrauen darauf, dass Valentin ihn nicht vergessen würde, hier unten, dass er ihm nur ein bisschen Angst einjagen wollte, ein paar wenige Minuten nur noch, bis er ihn freiließ. Er war doch ein guter Junge, ein ganz normaler Junge. Er würde das nicht tun, oder?

Anfangs hatte er mithilfe seiner Uhr die Stunden gezählt. Das grüne Leuchten der Zifferblätter war das einzige Licht in der Schwärze des Kellers. Ein kaltes, trostloses Licht, und trotzdem starrte er so lange darauf, dass es hinter seinen Lidern weiterleuchtete, wenn ihm die Augen zufielen. Doch aus den Stunden waren Tage geworden. Wenn er hochschrak, wusste er nicht mehr, ob ein paar Sekunden vergangen waren oder zwölf Stunden.

Wie lange war es her, dass er das Wasser getrunken hatte, das in der Flasche gewesen war? In der Flasche, die er Valentin gebracht hatte, vor einer Ewigkeit. Wie lange war er jetzt schon im Keller gefangen?

Wie lange kann man überleben, ohne zu trinken?

Zusammengerollt lag er auf dem Boden, die Arme um den Körper geschlungen. Er wollte nur noch schlafen, doch die Schmerzen hielten ihn wach. Sie pressten ihn zusammen, seinen Schädel, seine brennende Kehle, seinen Magen, jede Zelle seines Körpers.

Und so kauerte er in einer Kellerecke und fing an zu reden. Mit sich selbst, mit Lara, mit seiner Mutter, mit Valentin. Er redete, weil er die Stille nicht ertrug, weil sie ihn folterte, so wie der Durst, der Hunger und die Kälte. Die schreckliche Stille, die in diesem Keller, in diesem Haus, in dieser toten Gegend herrschte. Er hörte seine eigene Stimme, hörte heisere geflüsterte Worte, die ihm fremd in den Ohren klangen. War es jemand anderes, der da sprach?

Dann verstummte auch seine Stimme. Nur noch in seinem Kopf und in seinem Herzen war sie lebendig. So viele Bilder gab es da, so viele Gedanken, die er noch denken wollte. Doch wie lange noch? Die Einsamkeit, die ihn gefangen hielt, erstickte alles. Auch seine Sehnsucht nach dem Leben. Bald war nichts mehr da. Nichts.

***

Am Montag hatte Lara Valentin das letzte Mal gesehen, am Dienstagmittag die letzte Nachricht von ihm auf ihrer Mailbox erhalten, am Mittwoch dieses nutzlose Gespräch mit Melanie gehabt. Tage und Nächte hatte sie sich mit Warten, Grübeleien und dunklen Ahnungen herumgequält. Als sie am Freitagnachmittag ihre Laufrunde drehte, fasste sie einen Entschluss. Es war völlig sinnlos, in der Gegend herumzurennen, bis ihr der Atem wegblieb. Ihr Kopf ließ sich dadurch nicht abschalten. Sie würde noch einmal zu ihm fahren. Sie musste ihn noch einmal sehen.

Sie schob sich mit dem Wagen durch die Stadt, ausgebremst vom Wochenendverkehr, der sie von einem Stau in den nächsten schickte. Als Erstes lag die Veddel auf ihrem Weg. Sie parkte den Wagen, suchte die richtige Klingel an der Anzeige des Hochhauses, bekam keine Antwort, stieg die Treppen hoch, klingelte noch einmal und lief die Treppen wieder hinunter. Bei seiner Mutter war er offensichtlich nicht. Also nach Othmarschen … Sie war sich plötzlich ganz sicher, dass er dort war, in dieser Villa.

Als sie wieder im Auto saß, überfiel sie eine solche Sorge um ihn, dass sie es kaum aushielt. Wie hatte sie nur an ihm zweifeln können? »Ich liebe dich, Lara«, hatte er gesagt, »ich liebe dich.« Das war die Wahrheit gewesen. Sie hatte es gespürt.

Natürlich war ihm etwas zugestoßen, irgendetwas Schlimmes! Sie hatte doch gemerkt, wie durcheinander er gewesen war, als sie ihn an der S-Bahn abgesetzt hatte. Warum nur war sie nicht ihrem Gefühl gefolgt, sondern hatte sich durch Zweifel und Misstrauen und Melanies

Gerede irritieren lassen? Sie musste ihm beistehen, egal, worum es ging, selbst wenn er in eine Drogengeschichte verwickelt war.

»Valentin, Valentin.« Wie eine Beschwörung klangen die Worte, die sie vor sich hin sprach, während sie nervös mit den Händen aufs Lenkrad trommelte. Stadtauswärts, auf der Elbchaussee, kam sie nur noch im Schritttempo voran. Sie rutschte auf dem Sitz nach vorne, als würde sie dadurch ein paar Sekunden eher ans Ziel kommen.

Und dann hielt sie den Atem an. Da vorne an der Ampel, in dem weißen Mercedes, der ihr entgegenkam, das war Valentins Mutter. Und auf dem Beifahrersitz saß sein Stiefbruder, oder nicht? Durch die spiegelnde Windschutzscheibe erkannte sie ihn nur undeutlich.

Die Ampel war rot. Ohne langes Zögern sprang sie aus dem Auto, lief auf den Wagen zu und klopfte ans Fenster. Im selben Moment erkannte die Frau am Steuer sie und fuhr ihre Fensterscheibe runter.

»Hallo … Du bist doch Lara …« Sie verzog das Gesicht zu einem irritierten Lächeln. »Willst du nicht zu deinem Wagen zurück? Es wird gleich grün, du solltest …«

»Was ist mit Valentin?«, unterbrach Lara sie.

Die Frau sah sie stirnrunzelnd an. »Er ist krank. Tut mir leid, aber wir müssen weiter!« Sie ließ ihr Fenster wieder hochgleiten.

Laras Blick fiel auf den Jungen neben ihr. Er schaute sie mit solch stumpfen, hoffnungslosen Augen an, als würde er seinem Tod entgegenfahren. In diesem Moment gab seine Mutter Gas und der Mercedes rollte weiter.

»Warten Sie doch!« Sie lief ein paar Schritte neben dem Wagen her. »Wo ist Valentin?«

Doch sie bekam keine Antwort mehr, nicht von der Frau am Steuer und nicht von dem Jungen. Nur einen letzten mutlosen Blick von ihm. Sie musste die Wahrheit selbst herausfinden.

Ein Hupkonzert trieb sie an. Eilig stieg sie in ihren Wagen, fuhr weiter, die letzten Meter bis zu Villa, wo sie den Wagen vor der Auffahrt stehen ließ und zum Gartentor lief. Immer wieder drückte sie auf den Klingelknopf. Nichts passierte, natürlich nicht. Was ging vor in diesem Haus? Was für ein Geheimnis verbarg sich hinter der weißen Fassade? Wenn sie jetzt aufgab und nach Hause fuhr, würde sie es nie erfahren. Sie schaute sich um. Wie immer waren keine Fußgänger unterwegs, niemand, der sie hätte aufhalten können. Sie stemmte sich an dem Tor hoch und ließ sich auf der anderen Seite fallen.

Die Klingel an der Haustür probierte sie gar nicht erst aus. Sie rannte durch den Vorgarten, an der Seite des Hauses entlang zur Terrasse. Durch die gläserne Front konnte sie ins Wohnzimmer schauen. Der große Raum wirkte leer und verlassen.

»Valentin?« Sie blickte zu seinem Zimmer hoch. Auch dort war nichts von ihm zu sehen. Und doch war sie sich plötzlich sicher, dass er im Haus war. Hatte seine Mutter ihn allein zurückgelassen, krank und hilflos? Egal, fruchtloses Grübeln half ihr nicht weiter. Mit jeder Sekunde war sie sich sicherer, dass er in Not war.

Wie kam sie hinein? Konnte man die Glasfenster zerstören? Das war doch bestimmt Sicherheitsglas. Trotzdem, sie musste es probieren. Sie nahm einen der schweren Gartenstühle, hob ihn an und ließ ihn wieder sinken. Ihre Kraft reichte nicht aus, um das Teil mit voller Wucht zu schleudern, nie im Leben. Sie brauchte etwas anderes. Und vielleicht sollte sie lieber ein kleineres Fenster nehmen, das würde nicht so einen Krach machen.

Die Gästezimmer … Sie lief am Haus entlang, hob einen Zierstein vom Rasen auf, schleppte ihn zum ersten Zimmer des Anbaus. Mit aller Kraft schleuderte sie ihn gegen die Scheibe, hob ihn auf, warf ihn ein zweites und noch ein drittes Mal. Sie wollte rein in dieses verdammte Haus!

Als das Glas in unzählige Stücke zerbröselte, zuckte sie vor Schreck zurück. Ob die hier eine Alarmanlage hatten? Ging jetzt vielleicht auf der nächsten Polizeiwache so eine Art Signal los? Wie lange brauchten die dann, um hier zu sein? Ihr brach der Schweiß aus und sie zögerte ein paar Sekunden. Dann kletterte sie durch das Fenster ins Zimmer. Nein, sie gab jetzt nicht auf! Sie lief über die knirschenden Scherben zur Tür, die zum Verbindungsflur führte, und rannte den Gang entlang.

»Valentin?« Ein hektischer Blick ins Wohnzimmer. Die Treppe hoch in sein Zimmer. Er war nicht da. Vielleicht im Bad? Sie lief weiter, jeden einzelnen Raum sah sie sich an. Nichts, nirgends eine Spur von ihm. Sie hatte sich getäuscht. Im selben Moment schoss es ihr durch den Kopf. Sie hatte den Keller vergessen! Wie dumm von ihr! Genau dorthin hatte sein durchgeknallter Bruder sie doch bringen wollen …

Sie rannte die Treppe hinunter und öffnete eine Tür nach der anderen. Weinkeller und Vorratsraum, Sauna, Werkstatt, Abstellkammer, Heizungskeller. Nur noch eine Tür, die letzte am Ende des Gangs, sie war abgeschlossen, aber der Schlüssel steckte. Sie drehte ihn im Schloss herum und drückte die Tür auf. Das Licht vom Flur fiel in den Raum.

Da lag er. Zusammengekrümmt an der Wand.

»Valentin …«

Er bewegte sich nicht. Er hörte sie nicht. Er schien nicht zu merken, dass sie da war. Sie kniete neben ihm nieder, fasste seine Hand an, die kalt wie Eis war. Ihr Herz raste. Er durfte nicht tot sein! Sie zwang sich zur Ruhe und legte ihm die Finger an die Halsschlagader. War da etwas zu spüren? War das ihr eigener Puls? Nein, es war sein Blut, was sie spürte, sein Herzschlag. Er lebte! Die Erleichterung ließ sie schwindlig werden. Sie schüttelte ihn vorsichtig, drehte ihn auf den Rücken und jetzt öffnete er die Augen. Seine Lippen bewegten sich, seine aufgesprungenen, rissigen Lippen. Doch er bekam kein Wort heraus. Was hatten die Leute mit ihm gemacht, seine Mutter und dieser wahnsinnige Junge?

Valentin, wollte sie sagen, Valentin, was ist passiert? Doch jetzt, wo sie ihn endlich wiedersah, erinnerte sie sich an seine Worte. Nenn mich Cap, hatte er gesagt. Sanft legte sie ihm die Hand an die Wange. »Cap«, flüsterte sie, »Cap …«

Ein paar Sekunden nur, dann setzte ihr Verstand ein. »Ich hole Wasser!« Schon rannte sie die Treppe hoch, in die Küche, füllte ein großes Bierglas mit Leitungswasser und brachte es zu ihm in den Keller. Sie hob seinen Kopf an, stützte ihn ab, setzte ihm das Glas an die Lippen. Er trank, zuerst nur einen winzigen Schluck, dann immer mehr und mehr und immer hastiger, bis das Glas leer war.

Sie sah ihm zu, wie er trank, und die Tränen liefen ihr übers Gesicht.

***

Caps Magen erbrach all das Wasser, was er getrunken hatte. Doch Lara war da. »Schschsch«, hörte er sie sagen, »langsam, Liebster.« Sie stand auf, ließ ihn für ein paar schreckliche Sekunden allein. Dann kam sie wieder, gab ihm wärmeres Wasser, das er vorsichtiger trank. Schluck für Schluck ließ er es die Kehle hinunterfließen. Es war das großartigste Geschenk, das er je bekommen hatte.

Es ging schnell, dass er seine Kräfte wieder spürte. In seinem Kopf hämmerte es, seine Augen schmerzten und jeder Schritt strengte ihn an, aber er schaffte es aufzustehen, zu gehen, den Gang entlang und die Treppe hoch, ohne dass Lara ihn stützen musste. In der Küche hielt er sich an der Theke fest, während er eine Banane aß, obwohl sich sein Magen krampfartig zusammenzog.

»Brauchst du noch etwas? Soll ich einen Arzt rufen?« Lara sah ihn an, ihre hellen Augen voller Sorge und Zuneigung. Nein, voller Liebe.

Er schüttelte den Kopf. Es war so gut, sie zu sehen, so

unglaublich gut. »Lara«, murmelte er, »mein Gott, Lara ... Ich will nur noch hier weg.«

»Dann lass uns gehen«, sagte sie. »Mein Wagen steht vor dem Haus.«

Als sie durch das Wohnzimmer und die Diele gingen, hatte sie den Arm um seine Hüfte gelegt und er hielt sich an ihr fest. An der Garderobe hing die Trussardi-Jacke, die er dort irgendwann, vor einer Ewigkeit, aufgehängt hatte. Mit einem Ruck zog er die Tür hinter ihnen ins Schloss. Das war es, die Party war vorbei. Endgültig.

Als sie losfuhren, hielt er Laras Hand so fest, als wollte er sie nie wieder loslassen. Er warf einen letzten Blick zurück. Aus dem Augenwinkel erkannte er den Polizeiwagen, der auf die Villa zufuhr. Aber er war zu erschöpft, als dass sein Puls deswegen auch nur einen Schlag schneller ging.

***

Das Flugzeug stieg höher. Valentin sah die Stadt unter sich, die Häuser, die Straßen, auf denen sich die Autos wie Insekten bewegten, mit einem Finger hätte man sie zerdrücken können. Der Fluss zog sich als silbernes Band bis zum Horizont. Irgendwo dort unten, versteckt zwischen Bäumen, war das Haus, das immer kleiner und unwichtiger wurde.

Jetzt war nichts mehr zu sehen. Eine dicke weiße Wolkendecke hatte alles zugedeckt. Er presste die Stirn ans Fenster und starrte hinaus, bis seine Augen brannten. Die

Welt dort unten existierte nicht mehr. Seine zusammengepressten Kiefermuskeln ließen los.

»Der Süden wird dir guttun«, sagte seine Mutter und legte ihre Hand auf seine. »Du hast eiskalte Finger.«

Er schrak vor ihrer Berührung zurück. Nicht nur seine Hand war kalt, auch sein Inneres war eisig, daran würde die Sonne im Süden nichts ändern.

»Wir haben unsere Flughöhe erreicht«, verkündete der Pilot über Lautsprecher und das Anschnallzeichen erlosch.

Der Druck in Valentins Ohren ließ nicht nach. Er schaute aus dem Fenster auf die Wolkendecke. Sie war so weiß, viel zu hell und leuchtend. Doch er hatte Angst, die Lider zu schließen. Er hatte Angst vor der Dunkelheit.

Seine Mutter hämmerte ohne Unterlass in ihren Laptop. Er hielt es kaum aus in seinem engen Sitz, eingesperrt zwischen ihr und dem Fenster. Ausgeliefert eingesperrt ausgeliefert eingesperrt ausgeliefert eingesperrt. Das Klackern hackte ihm die Worte ins Hirn. Ausgeliefert eingesperrt ausgeliefert eingesperrt.

Erst als das Flugzeug zur Landung ansetzte, nahm seine Mutter ihn wieder wahr. »Du bist immer noch so blass«, sagte sie. »Bedrückt dich irgendetwas?« Sie streifte ihn mit einem flüchtigen Blick, als hätte sie Angst davor, dass er ihr die Wahrheit sagen könnte. Er schüttelte stumm den Kopf.

»Wir müssen wieder umkehren, Mama«, sagte er, als sie die Maschine verließen. »Wir müssen zurück. Wir müssen den Jungen befreien.« Oder hatte er die Worte nur gedacht? Seine Mutter reagierte nicht, sie führte ihn am Ellbogen durch das Flughafengebäude, als wäre er noch ein Kind. Oder ein alter Mann.

Da waren so viele Stimmen in seinem Kopf, die ihn durcheinanderbrachten. Stimmen, die ihm zuflüsterten, dass alles falsch war, was er tat. Er musste denken, nachdenken, doch der Film in seinem Kopf blieb stets an derselben Stelle hängen:

Am Morgen, als er im Auto gesessen hatte, um zum Flughafen zu fahren, hatte er das Mädchen gesehen, das vor ihm davongerannt war. Lara … Für einen Moment hatte sie ihn angeschaut und er hatte gesehen, wie sie drei Worte formulierte. Wo ist Valentin?

***

Lara saß neben Cap auf dem Bett und hörte, wie seine Mutter in der Küche mit dem Geschirr klapperte und sang. »Sie ist der einzige Mensch, der wichtig für mich ist«, hatte er gesagt, »außer dir …« Er hatte ohne Murren akzeptiert, dass sie ihm zwei Wochen Hausarrest gegeben hatte, weil er nicht erklären wollte, wo er all die Tage und Nächte gewesen war. Nein, von seinem Doppelleben hatte er seiner Mutter nichts erzählt. Nur ihr hatte er alles anvertraut, erst stockend, dann immer schneller und aufgewühlter, so als wäre ein Damm gebrochen. Und so unfassbar das alles gewesen war, so hatte sie doch zum ersten Mal das Gefühl gehabt, dass er wahrhaftig war.

Auch seine Mutter schien zu spüren, wie sehr er sich

verändert hatte. »Du tust ihm wirklich gut, Lara«, hatte sie beim Essen gemeint. »Was hast du mit ihm gemacht, dass er nicht mehr so ein Kindskopf ist?«

Sie hatte nicht geantwortet. Was hätte sie auch sagen sollen …

Cap hatte ihre Hand gehalten, während er gleichzeitig seiner Mutter einen Kuss auf die Wange gegeben hatte. »Sie hat mir das Leben gerettet, Mam«, hatte er gesagt.

Ihr Handy klingelte und sie fischte es unter dem Berg Klamotten hervor, der vor dem Bett lag. Es war Melanie, die am Samstagabend mal wieder jemanden brauchte, der sie zu irgendeiner Party kutschierte. Aber die Zeiten waren vorbei.

»Hast du eigentlich was von Valentin gehört?« Melanie klang neugierig. Wahrscheinlich wollte sie rauskriegen, ob Valentin sie abserviert hatte, so wie Erik es mit ihr gemacht hatte.

»Nein, bin ich auch nicht scharf drauf«, antwortete Lara. »Das Kapitel Valentin Voigt ist ein für alle Mal zu Ende.« Sie legte auf und stellte ihr Handy auf stumm. »Ich glaube, Melanie wartet immer noch darauf, dass es mal wieder eine Poolparty an der Elbchaussee gibt«, sagte sie zu Cap.

»Da wartet sie vergeblich.«

»Es sei denn, dein Exstiefbruder feiert …«, sagte sie grinsend. Doch im selben Moment tauchte das Bild des Typen auf, der ihr am Freitag die Tür geöffnet hatte. Dieser völlig verstörte Junge, der durch Caps Schuld im Keller eingesperrt gewesen war. Rudolfo Valentino … Cap hatte ihr erzählt, wie unglaublich er Klavier spielen kann.

Sie hörte Cap neben sich seufzen. Hatte er ein ähnliches Bild vor Augen?

»Ich werde ihm schreiben«, sagte er, »er soll zumindest wissen, wieso das alles passiert ist.«

»Willst du ihm das nicht lieber persönlich sagen?«

Heftig schüttelte er den Kopf. »Damit ich am nächsten Tag wieder im Gefängnis sitze? Never ever!« Mit beiden Händen fuhr er sich durch die kurzen braunen Locken.

Sie stützte sich mit dem Ellenbogen ab und schaute ihn an. Wie schön er war und wie ernst er plötzlich aussah. Und wie gut es sich anfühlte, dass er ihr nicht mehr auswich und sich verstellte.

»Ich schreib ihm, irgendwann … Aber jetzt lass uns nicht mehr von Valentin reden, ja? Kein Wort mehr von der verdammten Villa und der Elbchaussee …« Er zog sie aufs Laken und gab ihr einen weichen, vorsichtigen Kuss. Seine Lippen waren immer noch rau und rissig. Seufzend vergrub er das Gesicht in ihrem Haar. Sie verstand ihn kaum, als er sie an sich drückte. »Lara, Lara, Lara«, murmelte er, »ich bin verdammt glücklich, dass ich mein Leben wiederhabe, und das ist gut so, genau so, wie es ist.«